강서울 현대 판타지 소설
MODERN FANTASTIC STORY

탑스타의
재능 서고

탑스타의 재능 서고 11

강서울 현대 판타지 소설

초판 1쇄 찍은 날 § 2021년 12월 22일
초판 1쇄 펴낸 날 § 2021년 12월 29일

지은이 § 강서울
펴낸이 § 서경석

총괄팀장 § 황창선
편집책임 § 박현성
디자인 § 공간42

펴낸곳 § 도서출판 청어람
등록번호 § 제387-1999-000006호
등록일자 § 1999. 5. 31
어람번호 § 제1-3167호

주소 § 경기도 부천시 부일로 483번길 40 서경B/D 3F (우) 14640
전화 § 032-656-4452 팩스 § 032-656-4453
http://www.chungeoram.com
E-mail § chungeorambook@daum.net

ISBN 979-11-04-92404-0 04810
ISBN 979-11-04-92327-2 (세트)

11

강서울 현대 판타지 소설
MODERN FANTASTIC STORY

탑스타의
재능서고

탑스타의
재능 서고

목차

제1장

문이 열리다

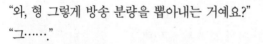

"와, 형 그렇게 방송 분량을 뽑아내는 거예요?"

"그……."

"상준아, 다시 봤다."

능청스럽게 물어오는 하운과 태헌. 저 둘을 만나게 하는 게 아니었는데. 상준은 땅을 치며 후회했다.

'스타들의 레시피 때 알아봤어야 했어.'

둘이 해맑게 일을 전부 자신에게 떠넘긴 것부터 홍대 거리에서 도망쳐 혼자 버스킹을 하게 된 것까지. 이럴 때면 죽이 참 잘 맞는다.

"크흠."

상준은 손사래를 치며 고개를 저었다.

"저는 처음에 형이 그 사람 저격한 줄 알았잖아요."

"누구?"

"서재진."

맞다.

너무 오랫동안 신경을 안 쓰고 있어서일까, 그새 잊고 살았다.

'그러고 보니 잘 살려나.'

연예계에서 은퇴한 이후 어디로 갔는지 소식도 모르고 있었다.

'알아서 잘 살겠지.'

그러려니 하며 하운을 방에 돌려보내는 상준이다. 저녁 식사를 마치고 내일 있을 버스킹 준비도 완전히 마무리됐다. 상준은 씻을 준비를 하고선 카메라 뒤편으로 향했다.

"으음."

이제는 완전히 자유 시간. 별생각 없이 화장실에 들어서려던 상준의 시선이 문밖으로 향했다.

'여기 마당이 아까 보니 꽤 넓던데.'

단독주택답게 넓게 펼쳐진 마당에, 집주인이 꾸며놓은 정원까지. 낮에 슬쩍 둘러봤지만 꽤 분위기가 좋았던 것으로 기억한다. 시차 적응도 아직 덜 된 데다가 하루 종일 무리한 상태라 원래대로라면 곧바로 뻗었을 터였다.

그런데.

왠지 낮에 봤던 기사 때문인지 마음이 영 싱숭생숭했다.

"잠깐 산책 다녀올게요."

"네에!"

"으으으음. 난 일단 자고 있을게."

태헌은 골골대며 드러누웠고 건너편 방에선 수정과 아린이 신나게 이야기 꾸러미를 꺼내놓고 있었다. 제작진들도 크게 신경 쓰지 않는 터라, 상준은 휴대전화만 챙기고선 밖으로 나섰다.

"하."

여기도 제법 쌀쌀한 날씨다. 상준은 미소를 지으며 캄캄한 밤하늘을 올려다보았다. 숨을 내쉴 때마다 서늘한 공기가 느껴졌다. 복잡한 생각을 떨쳐내려 시작한 산책이지만 쉽게 정리되지는 않았다.

"멤버들한테 전화나 걸어볼까."

지금쯤이면 그쪽은 뭐 하고 있으려나. 상준은 머리를 긁적이며 선우에게 걸려던 전화를 내려놓았다. 휴가를 즐기느라 바쁠 텐데 괜히 건드리기도 미안하다.

"후… 내일 무대 끝나면… 또 바쁘려나."

그렇게 말하면서도 본인은 알았다. 일부러 없는 스케줄이라도 끌어모으려 한다는 것을. 「THE ROOM」 리얼리티가 끝나고 나서는 더욱 그랬다.

이유 모를 공허함. 괜히 적적해지려는 마음을 붙들기 위해서는 정신없이 바빠야 했다. 그래서 차라리 이번 촬영이 기회라고 생각했다.

그런데.

겨우 기삿거리가 되었다는 이유로 이렇게 흔들릴 건 또 뭐란 말인가.

'하여간, 이렇게 멘탈이 약해서는.'

상준은 자조 섞인 웃음을 터뜨리며 마당을 따라 걸었다.

'좀 나가볼까?'

요 앞이라면 괜찮을 거 같았다.

애당초 한적한 동네이기도 하고, 잠시 나갔다 온다 했으니 별 말도 없을 터. 딱 주택을 따라 한 바퀴만 돌아볼 생각으로 고개를 내밀었을 때였다.

부스럭.

"뭐야."

상준은 수풀 속에서 나는 소리에 화들짝 놀라며 고개를 돌렸다.

TV에서 열심히 떠들어대던 각종 사건 사고들을 떠올리면서 괜히 간이 작아지는 상준이었다.

'갑자기 마피아에게 잡혀 간다거나… 인질이 되진 않겠지?'

유감스럽게도 그 정도로 중요한 인물은 아니었다.

상준은 스스로의 처지를 자각하며 수풀 밖으로 튀어나온 쥐를 피해 옆으로 자리를 옮겼다.

"후, 그래도 좀 낫네."

바람을 쐬니 한결 나아지는 기분이다. 상준은 심호흡을 하며 길을 따라 걸었다.

그때였다.

"어?"

갑자기 발에 채이는 이물감에 상준은 인상을 찌푸렸다. 뭔가 딱딱한 돌멩이를 밟았다 생각했는데, 생각보다 훨씬 얇은 녀석이었다.

"초크?"

기타를 칠 때 쓰는 초크다.

'우리가 떨궜나?'

아까 들어오는 길에 실수로 흘렸을 수도 있다. 플라스틱 초크를 여러 개 들고 다니면서 돌려쓰기도 하지만, 그런 비주얼로 보이진 않았다. 조금 더 고급지면서도 사람의 손때가 묻은 듯한 초크.

상준은 조심스럽게 바닥에 떨어진 초크를 집었다.

그 순간.

우연히 초크의 앞면을 보게 된 상준의 심장이 덜컥 내려앉았다.

'뭐야.'

툭.

상준은 놀란 나머지 초크를 떨구고 말았다.

"이게 왜 여기에……."

손가락 한 마디 길이도 되지 않는 조그만 초크다. 그 좁은 초크 위에 네임 펜으로 휘갈겨 놓은 싸인이 있었다. 그리고, 그 싸인은 전혀 낯설지 않았다.

익숙한 기억들이 상준의 머릿속을 스쳐 지나갔다.

'뭐야? 이런 건 어디서 주워 왔어?'

'주워 왔다니. 쌤이 주신 거거든?'

'쌤?'

'나 보컬 쌤 있잖아.'

지금 떠올려 보니 녀석의 담당이었던 보컬 쌤이 유지연 선생이었던 모양이었다. 보컬 경연에서 처음으로 1위를 했다고 선물로 받은 초크라고 했는데, 그땐 마냥 좋아하길래 그러려니 했었다.

'초크는 무슨. 그거 치다가 버릴 건데 뭐 하러 그렇게 고이 모시고 있어.'
'에이, 그러면 다 방법이 있지.'

방법?
상준은 턱을 괸 채 상운이 꺼냈던 말을 대수롭지 않게 들었다.

'좀 특별한 초크로 만들면 되잖아. 나 공연 나갈 때 맨날 들고 다니게.'
'으음. 그래라.'

워낙에 물건 하나하나에 애착이 상당한 상운이었기에, 상준은 고개를 끄덕이며 그냥 흘려 넘겼다. 그때, 상준을 붙잡았던 것이 그의 말이었다.

'싸인 좀 해줘 봐.'
'…뭐?'

받을 게 없어서 내 싸인을 받냐.

상준은 어이가 없다는 듯 웃어젖혔다.

그때, 녀석이 뭐라고 했더라.

'나중에 해외에서도 알아주는 톱스타가 되면 어떡해.'

'아, 제가요?'

'그때 팔아먹을 거니까 빨리 싸인해"

톱스타는커녕 데뷔조에도 들지 못하던 연습생 시절이었다. 그
땐 상운의 말에 마냥 기분이 좋았던 것 같다.

'뭐, 그래. 그때 팔아먹으라고 내가 특별히! 싸인해 준다.'

마침 새로 만들어두었던 싸인을 조그만 초크 위에 스윽 슥 갈
겼던 상준.

그 기억이 맞다면…….

"하."

말도 안 된다.

여기가 JS 엔터 연습실도 아니고 생판 다른 곳에, 그것도 다
른 나라의 길바닥에 떨어져 있을 물건이 아니니까.

그렇게 별생각 없이 싸인을 해서 건네준 뒤로 몇 년이 흘렀다.

그러다 우연히 발견한 곳이 바로 제 발 옆이라니.

황당한 나머지 절로 웃음이 흘러나왔다.

'이것도 메시지일까.'

어서 동생을 깨우라는 메시지.

병원에서 봤던 남자의 뒷모습이 잊히질 않았다. 빨리 단서라도 찾아 상운을 깨우라고 속삭이는 듯했던 그 목소리.

하지만, 누구보다 간절한 건 상준이었다.

"제발."

상준은 한 손으로 초크를 꽉 쥐었다.

그리고.

'뭐라도 보여줘.'

이게 마지막 단서라면. 정말 마지막 기회로 내게 찾아온 거라면.

처음 재능을 얻었을 때처럼 극적인 변화를 보여주길 바랐다.

그래야 다시 희망을 안고 달릴 수 있으니까.

휘이익.

상준이 진심을 담아 던진 초크가 허공을 가르고 날아갔다.

기적을 바라는 마음.

그 마음을 누군가 듣기라도 한 걸까.

"……."

위이잉.

낯설지 않은 진동 소리와 함께 오오라가 상준의 앞을 가렸다.

재능 서고의 문을 처음 열었을 때와 비슷한 미묘한 감각. 상준은 그 빛에 두 눈을 질끈 감았다.

"뭐야."

있는 힘껏 던졌던 초크는 놀랍게도 상준의 손에 들려 있었다.

"말도 안 돼."

상준은 손바닥을 펼쳐 돌아온 초크를 내려다보았다. 상준이

구석에 싸인을 남겼던 그 모습 그대로 상준의 손 위에 살포시 얹어져 있다.

그리고 그의 앞에는.

'이거였어……?'

허공에 문이 생겨난 듯 공기가 일렁이고 있었다. 마치 저 안에는 다른 세계가 있다는 듯이, 상준을 유혹하고 있었다.

해답은 하나였다. 상준도 그 사실을 알았다.

이렇게 된 이상 들어갈 수밖에 없다는 걸.

*   *   *

꽈악.

피가 안 통할 정도로 주먹을 세게 쥔 상준은 망설임 없이 발을 내디뎠다.

위이잉.

공기가 흔들리는 듯한 이질감이 상준에게 고스란히 느껴졌지만 잠깐이었다.

"와."

깊은숨을 내쉰 채 들어선 곳은…….

'이게 어떻게 된 거지?'

재능 서고였다.

펄럭—.

어김없이 상준을 반기는 책들과 줄줄이 나열된 책장들.

발밑을 푹신하게 만드는 레드 카펫에 고급 샹들리에까지도 전부 그대로였다.

그런데.

유독 하나의 책장만 환하게 빛나고 있었다.

"저건……."

두 번째 책장.

책장의 위치를 확인한 상준은 다급히 그쪽을 향해 뛰어갔다.

"허억… 헉."

맞다. 2−1.

책장 옆에 파여 있는 글씨도 그대로다.

지난 몇 달간 상준을 괴롭히기만 했던 단서들.

"이거였구나."

하지만, 그 앞에 섰을 때. 상준은 단번에 눈치챌 수 있었다.

처음부터 부족한 단서들로는 풀 수 없었던 거였다.

마지막 해금 조건.

이 초크를 손에 넣기 전까진 아무런 변화도 일어날 수 없었
다.

상준은 환한 빛이 나고 있는 책장을 멍하니 올려다보았다.

두 번째 책장의 가장 윗줄.

빛이 묘하게 감도는 책들을 하나씩 밖으로 꺼냈다.

'모스부호.'

상준의 생각이 맞았다.

'THE ROOM' 당시에 깨달았지만 SOS를 모스부호로 하게 되
면.

…— — — ….

빛이 아른거리는 책의 위치도 정확히 모스부호와 동일했다.

1, 2, 3. 그리고 7, 8, 9번째 위치에 놓여 있는 책들.

"이 책들을 빼내야 해."

그리고 그 빈자리에……

"체화했던 책들."

왜 처음에 이 생각을 못 했을까. 퍼즐 하나가 풀리고 나니 실마리가 줄줄이 연결된다. 상준은 다급히 체화된 책들의 목록을 찾았다.

신이 내린 목소리[체화]

신이 내린 가창력[체화]

유연한 댄싱 머신[체화]

체화한 순서대로 책을 끼워 넣은 뒤, 오른편에도 빛이 나는 자리에 책을 올려놓는다.

위대한 언변술[체화]

열정 가득 요리 천재[체화]

절대자의 감각[체화]

그렇게 총 여섯 권의 책을 올려놓은 순간.

덜컹—.

미세한 진동이 일어났다.

그리고.

"…뭐야."

펄럭이던 책들과 익숙한 재능 서고의 풍경이 순식간에 멀어지기 시작한다. 아까와는 비교도 되지 않을 정도의 강렬한 진동. 상준은 중심을 잃고 앞으로 고꾸라졌다.

"으윽."

그와 동시에 깨질 듯이 머리가 아파온다.

그 와중에도 선명한 글씨가 상준의 눈앞에서 아른거렸다.

['재능 서고'의 회원 등급이 '전설' 등급으로 상승하였습니다.]
['구원' 능력이 추가로 개방됩니다.]

'어떻게 된 거야.'

튕겨 나오듯 재능 서고의 밖으로 쫓겨났지만, 무언가 거대한 변화가 있으리라는 건 짐작할 수 있었다.

어쩌면 상준의 삶을 송두리째 바꿔놓을 두 번째 변화가.

"허억… 헉."

휘리릭.

환각처럼 흩어지는 풍경을 지켜보며 상준은 다시 엎어졌다.

정신이 점점 아득해진다.

"……"

그때였다.

태헌과 아린의 목소리가 쓰러지려던 상준을 깨웠다.

"상준아……?"

"괜찮아요?"

으윽.

상준은 인상을 찌푸리며 자리에서 일어났다. 진동에 휩쓸린 탓에 머리가 흔들거리는 기분이다.

"술… 마셨어?"

"뭐라고?"

"설마… 약인가?"

뭐라는 거야, 진짜.

상준은 태헌의 헛소리에 반사적으로 한숨을 내쉬었다.

"…좀 살 거 같네."

서늘한 공기를 정면으로 마셨더니 조금 낫다.

그럼에도 방금 일어난 일들을 쉽사리 정리할 수 없었다.

허공에 발을 내디뎠더니 재능 서고가 있었고, 얼떨결에 난생 처음 보는 등급으로 올라갔다.

마지막으로 봤던 글씨가…….

'구원 능력?'

그건 뭐였을까.

작게 중얼거리던 그때.

"야, 국제전화 왔는데."

위이잉.

콘크리트 바닥에 떨어진 휴대전화에서 벨 소리가 신나게 울려 퍼졌다.

"실장님인가?"

괜히 쓰러졌다는 얘기를 해서 걱정시키고 싶진 않았다.

"아무 말도 하지 말고 있어."

상준은 다급히 태헌을 진정시키고는 휴대전화를 들었다.

"여보세요. 네, 나상준입니다."

딸깍.

별생각 없이 전화를 받은 상준이 낮게 깔린 목소리로 말문을 열었다.

─어, 상준아.

담담한 목소리는 조승현 실장의 것이 맞았다.

"네, 실장님. 무슨 일이세요?"

─그게…….

잘 지내고 있다. 촬영도 잘하고 있다.

그런 일상적인 얘기로 답변하려던 상준이다.

하지만.

"…네?"

수화기 너머에서 덜덜 떨리는 말소리를 들은 순간.

툭.

상준의 휴대전화가 콘크리트 바닥을 구르며 떨어졌다.

*　　　　*　　　　*

'상운이 깨어났다.'

그게 상준이 들은 말의 전부였다.

"허억… 헉."

그 후로 귀국하는 길에 무슨 일이 있었는지 생각조차 나지 않았다. 마치 술을 진탕 마시고 뻗어버린 다음 날처럼 기억이 완전히 사라져 있었다.

촬영을 정신없이 끝내고 한국에 도착했을 때, 상준의 얼굴은 완전히 사색 그 자체였다. 상운의 현재 상황을 제대로 알지 못했다. 몸 상태도, 정신 상태도. 자신을 기억하는지, 지금은 무얼 하고 있는지.

아는 게 단 하나도 없었다.

덜덜.

"하…… 어떡하지……."

상준은 떨리는 두 손을 꼭 모으고선 차에서 내렸다.

"다녀와."

송준희 매니저가 흐뭇한 미소를 지으며 상준을 바라봤다. 공항에 내리자마자 상준을 끌고 병원으로 향했던 차량이다.

그만큼 상준에게 간절한 일이라는 걸, 그도 모르지 않았다.

송준희 매니저는 차분한 목소리로 상준에게 말했다.

진심이 담긴 한마디였다.

"너무 떨지 말고."

"감사해요……. 다녀올게요."

상준은 본인이 무슨 말을 하는지도 모른 채 다급히 차 문을 열어젖혔다. 지금의 상준은 한눈에 봐도 완전히 패닉 상태였다.

연습 때 내리 10시간을 뛰어도 떨리지 않던 다리가 오늘은 쓰러질 것처럼 위태롭게 떨리고 있었다.

상준은 병원 입구에 서서 하늘을 올려다보았다.

"……."

오성서울병원.

스케줄이 빌 때면 습관처럼 찾았던 곳이지만 오늘은 달랐다.

발걸음을 내디딜 때마다 무거운 모래주머니가 잡아끄는 것 같았다.

"제발."

저 문을 열면 멀쩡하게 깨어나 있기를.

자신을 보며 웃어주기를.

상준은 속으로 되뇌며 정신없이 달렸다.

1층, 2층을 지나쳐 계단을 정신없이 뛰어 올라가는 상준.

"허억… 헉."

거친 숨을 몰아쉬면서도 한달음에 상운의 병실에 도착한 상준이다. 상준은 숨을 고르며 병실의 문을 잡았다.

덜덜.

여전히 손이 떨린다.

이곳까지 오는 동안 수없이 스스로에게 되뇌었음에도 불구하고.

'괜찮을 거야.'

'예전처럼 편하게 대해줘야 하는데.'

어떻게 첫마디를 꺼내야 할지 전혀 실감이 나질 않아서였다.

그럼에도 마주해야 한다.

그토록 그리던 순간이었으니까.

"상운아……."

드르륵.

상준은 병실의 문을 한 번에 열어젖혔다.

"어……?"

그리고.

"…오랜만이네."

그런 그의 눈앞에 익숙한 얼굴이 앉아 있었다.

그토록 보고 싶어 했던 얼굴이.

*　　　　　*　　　　　*

무슨 말부터 꺼내야 할까.

그 얼굴을 마주한 순간 미리 준비해 두었던 말들이 머릿속에서만 맴돌았다.

"형."

상준의 기억과 똑같은 목소리를 들었을 땐, 말로 형용할 수 없는 감정이 상준을 휩쓸었다.

'그대로구나.'

그렇게 오래 누워 있었음에도 상운은 상준의 머릿속의 해맑은 동생 모습 그대로였다. 오랜 병원 생활에 다소 초췌해 보이는 것 이외에는 모든 게 다.

유난히 총명해 보이는 눈빛에 저절로 미소가 지어졌다.

"…일어났구나."

자연스러운 한마디가 마침내 흘러나왔다.

무슨 생각으로 꺼냈는지도 모르겠는 한마디였다.

'이런 말을 하려던 건 아니었는데.'

그러니까 조금 더.

어른스럽고 형다운 첫 말을 하고 싶었다.

전부 글러 버렸지만 말이다.

"이야……."

하.

상준은 웃음을 흘리며 거듭 중얼거렸다.

"일어났구나, 진짜……."

"다시 누워 있을까?"

장난스럽게 받아치는 멘트를 들으니 주책맞게도 눈물이 날 거 같았다. 상준은 떨리는 다리로 천천히 다가섰다.

영화에서 본 것처럼 기억을 잃어버리는 건 아닐까.

아니면 성격이 180도로 다른 사람이 되어버리는 건 아닐까.

비행기를 타고 귀국하는 길에 머릿속으로 영화를 100편쯤은 찍었었다.

그런데 놀랍게도.

이리도 익숙한 목소리로 자신을 반긴다. 장난기 넘치는 말들도 그때 그대로다.

마치 과거로 시간이 돌아온 것처럼.

"내가 그대로라고?"

"…어."

상준의 말을 들은 상운이 되묻자, 상준은 천천히 고개를 끄덕였다. 그런 그를 향해 전혀 예상치 못했던 말 한마디가 돌아왔다.

"형은 좀 변했……."

"뭐라고?"

"좀 늙… 아, 아니야!"

가만 보니 이 녀석도 변하긴 변한 거 같다.

상준은 방금 전까지 그대로로 보였다는 말을 취소하기로 마음먹었다.

"근데 솔직히 형이 세월의 풍파를 더 맞긴 했잖아?"

"이야, 일어나자마자 못 하는 소리가 없네."

상준은 어이없다는 듯이 웃어대면서도 괜히 뭉클해졌다.

"하긴, 자고 일어났는데 몇 년을 늙어 있으면 너도 억울하긴 하겠다."

"어떻게 알았대. 내가 지금 딱 그 심정이거든."

상운은 피식 웃음을 흘리며 상준을 똑바로 응시했다.

"일어났는데 내가 스물한 살이래."

저런.

상운은 억울하다는 듯 목소리를 높였다.

"형, 내 스무 살 어디 갔어. 나 열아홉은 괜찮은데, 스무 살 사라진 건 좀 억울하네?"

"그… 그게. 내가 먹었어."

"형이 먹은 거야?"

내놔.

상운은 짐짓 화난 표정으로 상준을 잡고 흔들었다. 그래 봤자 일어난 지 얼마 되지도 않은 몸이라 전혀 기운이 없었다. 제대로 손을 가누지도 못하는 모습을 보니 다시 눈물이 날 거 같았다.

그런 상준의 마음을 눈치챘는지, 상운은 괜히 말을 더했다.

"다음 주부터 재활훈련도 받으래. 열심히 하면 걸을 수 있다던데. 하, 걷는 건 둘째 치고. 이거 팔 힘부터 어떻게 해야 하는데."

"힘이 안 들어가서?"

"근손실 왔어."

아, 그래.

상준은 해맑은 상운을 따라 웃음을 흘렸다.

"왜 웃어. 형은 맨날 놀았지만, 나는 나름 운동했거든?"

"내가 언제 놀았대."

"아, 어쨌든. 운동에는 진심 아니었잖아."

그건 부정할 수 없다.

원래는 거의 선우 수준이었으니까. 지금은 비교도 안 될 정도로 차이가 나지만 말이다. 상준은 능청스럽게 말을 던졌다.

"야, 그건 네가 선우 못 봐서 그래."

"지선우?"

"어, 우리 팀… 잠깐만, 네가 그 이름을 어떻게 알아?"

"어?"

상운은 화들짝 놀란 얼굴로 상준을 바라보았다.

상준이 JS 엔터로 들어가서 데뷔했다는 것도 알게 된 지 얼마 안 되었을 텐데, 멤버들 이름까지 알고 있다니.

"만난 적 있어?"

"어… 만난 적은 있는데."

상운은 턱을 쓸어내리며 작게 중얼거렸다.

"뭔가 최근에 들은 느낌이라."

"너한테는 4년 전도 최근이긴 하잖아."

"그런 느낌은 아닌데."

그런 말을 들은 것 같기도 하다. 누워 있는 와중에도 꿈을 꾸는 것처럼 밖에서 일어나는 일들을 들을 때가 있다고. 평소에 옆에서 조잘대며 이야기를 들려줬던 게 도움이라도 된 걸까.

"기억나는 게 좀 있어?"

"으음… 글쎄."

상운은 두 눈을 끔뻑이며 조심스레 입을 열었다.

생각해 보니 있는 것 같기도 했다.

'자고 일어났을 때는 분명 선명하게 기억했는데.'

꿈을 꾸고 일어나면 대부분의 사람들이 그렇다.

일어나자마자 꿈속에 있었던 일들을 순식간에 잊어버린다. 인상적이었던 꿈들조차 마찬가지다. 기억하지도 못하는 숱한 꿈들이 자고 일어난 지 겨우 5분도 되지 않는 시간들에 사라지고 만다.

물론 아주 인상적인 꿈을 제외하고는.

"기억났다."

상운은 손뼉을 치며 상준을 올려다보았다.

"나, 형 본 적 있어. 꿈에서."

"나를?"

뜻밖의 말에 상준은 놀란 얼굴로 상운을 바라보았다. 그렇게 쓰러져 있는 동안 꿈에서 자신을 볼 정도로, 무의식적으로는 깨고 싶었던 게 아닐까.

하지만, 꿈의 내용을 들은 상준의 표정은 이내 미묘하게 변했다.

"형이 되게 힘들어하는 꿈이었어."

"……."

"나 그렇게 되고, 형이 막 울면서 힘들어하길래."

재능이 없다고.

그렇게 중얼거리는 모습이 너무도 안타까웠단다.

"너무 화가 나는 거야. 형한테 재능 없다고 누가 막 욕하는데, 내가 거기서 열이 받아서."

"잠깐만."

아무리 생각해도 익숙한 상황이다.

상준은 인상을 찌푸리며 상운을 재촉했다.

"자세하게 말해봐. 기억나는 대로."

"어… 그게……. 형이 재능이 없지 않잖아."

미안한데 재능이 없는 건 사실이었다.

팔이 안으로 굽는다고 상운은 전혀 그렇게 생각하지 않는 듯했지만.

"형은 얼굴이 재능이잖아."

"…부정할 수 없네."

"그치?"

"어엉."

얼굴이 재능인 건 이미 익히 알고 있는 사실이고.

"그래서 내가……. 물었던 거 같아."

"물었다고? 누구한테?"

상준은 알 수 없는 상운의 얘기에 빠져들었다. 상운은 멋쩍은 웃음을 흘리며 손사래를 쳤다.

"진짜 듣고 웃지 마. 죽었다 살아나서 그러니까."

"뭔데 대체."

"거기 나만 있었던 게 아니었거든."

상운의 표정에 순간 외로움이 스쳤다.

"진짜 텅 빈 것 같은 곳이었는데……."

새하얗기만 한 공간.

처음 사고를 당했을 때 상운은 그 꿈속에 갇혀 있었다.

그런 상운에게 말을 걸어온 사람이 있었다.

"형… 도와주고 싶지 않냐고 했어."

"나를……?"

목소리가 낮은 어떤 남자.

그 얼굴조차 기억나지 않지만 그때의 한마디는 생생하게 기억
이 났다.

'안타깝지도 않아?'

'재능이 저렇게 없는데 성실하기만 하잖아.'

평생 구르기만 할 텐데.

그러다가 후회하며 포기하게 될 텐데.

무서운 목소리로 잔인한 말들을 던지던 남자에게 상운이 외
쳤던 말이 있었다.

'재능이 없어요?'

상운의 생각은 달랐으니까. 가장 가까이서 누구보다 상준을

지켜봐 왔던 건 바로 그였다. 그렇기에 단언할 수 있었다.

'성실함도 재능이에요.'

이름도 모르는 사람이 상준에게 함부로 말하는 게 견딜 수 없었다. 기획사에서 쫓겨나고 힘겨워하는 상준의 모습을 영화 한 편을 보듯 지켜봐야 할 때는 더욱 그랬다.

꿈인지 현실인지.

자신이 죽었는지 살았는지도 알 수 없이 무력했던 순간들이었지만. 상준의 변호에 있어서는 누구보다 간절했다.

'한번 똑똑히 지켜보세요. 저 성실함으로 어떻게 세상을 뒤집어 놓을지.'

상준이 가진 유일한 재능을 무기로 상운이 호언장담하듯 내뱉었던 한마디.

"그래서 그 희한한 사람이 그러는 거야."

"…어."

"네가 그렇게 자신하면. 선물로 이걸 줘보라고."

떨리는 손으로 받아 들었던 남색의 책.

"그 책, 제목이 뭐였더라……."

1만 시간의 법칙.

상운의 머릿속에서 흐릿한 기억들이 스쳐 갔다.

정확히 기억이 나진 않았지만, 한 가지는 확실했다.

"그래서……. 내가 책을 건네줬어."

"……."

"근데 그게 뭐가 있었나 보다, 진짜. 형이 이렇게 잘나가잖아. 이야, 이제는 완전 톱스타 아냐, 톱스타?"

그렇게 된 거였구나.

상준은 흐릿한 미소를 입가에 머금은 채 고개를 떨궜다.

"형……?"

"……."

"괜찮아?"

이러면 안 되는데.

뺨을 타고 눈물이 흘러내린다.

"아니, 왜 우는 거야. 나 무슨 죽을 소리 했나 봐."

"……."

상준은 고개를 돌리며 어색하게 웃어 보였다. 그렇다고 눈치 빠른 상운이 그걸 모를 리 없다. 아까보다 더 격하게 상준을 붙들고 물어온다.

"왜 그러는데 갑자기. 형, 형?"

아.

거기서도 그렇게 자신을 생각해 주고 있었다는 게.

너무도 고맙고 미안해서.

그리고.

이 자리에 이렇게 마주 보고 있다는 것이.

"…감사하네."

참 많은 의미를 담은 상준의 한마디가 병실 안에 절절하게 울려 퍼졌다.

* * *

JS 엔터의 연습실. 트레이너 쌤의 목소리가 우렁차게 울려 퍼졌다.

"오늘은 여기까지 할까?"

이 질문이면 가장 먼저 손을 드는 사람이 있다.

'아, 저 여쭤볼 게 있는데…….'

이런 불안한 말로 운을 떼서 기어코 한 시간을 더 연습하고 가는 사람. 바로 상준이었다.

언제나 열정 맨이라고 불리는 이유는 바로 그 때문이었다. 조금이라도 짚이는 점이 있다면 망설이지 않고 짚고 넘어가는 스타일. 성실함으로는 원톱이라고 자부할 수 있는 상준인데…….

오늘은 어째 달랐다.

그것도 앞장서서 저렇게 좋아할 줄은 몰랐다.

"네에에에!"

"와아아아악!"

"가자! 가자! 집에 가자!"

상준은 잔뜩 신이 난 멤버들을 따라 발걸음을 옮겼다. 순식간에 연습실을 빠져나가는 뒷모습을 보며, 김광현 안무가는 놀란 눈을 굴리며 도영에게 슬쩍 물었다.

"상준이 왜 그래, 요새?"

"형, 요새 엄청 바쁘잖아요."

"바쁘다고?"

원래는 스케줄이 꽉 차 있어도 연습에 몰두했었던 상준이다.

"동생 보러 가잖아요."

"아."

상운이 깨어난 이후로, 연습이 끝나자마자 병실에 찾아가는 게 일상이 되어버렸다. 미니앨범 컴백 준비로 바쁜 상황이지만, 막상 컴백 첫 주가 되면 지금보다도 더 바쁘리라는 사실을 알고 있었다. 지금이라도 가서 힘이 되어줘야 했다.

벌컥.

JS 엔터를 나와 발걸음을 재촉하던 상준은 멤버들의 말을 듣고선 놀라서 멈춰 섰다.

"너네도 간다고?"

상준은 주섬주섬 짐을 챙기며 선우에게 물었다.

상운이 깨어나고 나서 단체로 찾아간 적은 거의 없었다. 따로따로 찾아가 인사를 나눈 적은 있어도 말이다.

선우는 고개를 끄덕이며 슬며시 미소를 지었다.

"가야지. 얼굴 아예 모르는 사이도 아니고, 몇몇은 예전에 한 식구였는데."

"그러엄."

오늘은 저마다 선물도 챙겼단다.

"그건 뭐야?"

"뭘 좋아할까 고민했는데. 형 동생이잖아."

도영은 짐짓 진지한 얼굴로 동그란 통을 들었다. 얼마 전에 마트에 갔다가 익숙한 비주얼에 도영을 멈춰 서게 했던 녀석이었다.

"이런 거 하나 선물해 주면 덜 적적하지 않을까."

바로 백와라 불리는, 커다란 외래 달팽이.

"이것도 팽이야……?"

제현은 놀란 눈으로 사뭇 다른 비주얼의 달팽이를 내려다보았다.

꾸물.

나뭇잎 위를 천천히 기어가는 녀석을 본 제현의 두 눈이 동그레졌다.

"너무… 커……."

제현은 두 눈을 끔뻑이며 녀석을 경계 어린 눈빛으로 빤히 응시했다. 숙소에 있는 팽이에 비해서 몇 배는 족히 될 법한 크기다.

가만히 지켜보다 보니 정이 들 것 같은 비주얼이긴 한데…….

"상운이 형이 이런 거 좋아해?"

어려서부터 뭘 키우는 건 별로 본 적이 없긴 하다. 오히려 상운의 관심사는 먹을 거에 쏠려 있는 편이었다.

상준은 머리를 긁적이며 작게 중얼거렸다.

"맛있게 생겼다고 할 거 같은데."

"…말넘심."

도영은 억울하다는 표정으로 뉴 페이스 달팽이를 꼭 끌어안았다.

"적적하긴 할 테니까."

상준은 그러려니 하는 표정으로 고개를 끄덕였다.

그다음 선물을 꺼내 보인 것은 바로 제현이었다. 워낙에 평상시에도 센스가 없는 제현이다. 크게 기대하지는 않았지만 막상 선물을 까고 보니……

"와."

놀란 나머지 순간 말문이 막혔다.

"은수 형한테 사실 물어봤는데. 그 형이 샐러드를 좋아한대서."

"샐러드를?"

아니, 걔는 고기에 진심일 텐데.

'다이어트 때문에 먹은 거 아니었을까.'

뭐든 잘 먹는 녀석이긴 해서 그건 그렇다 쳐도.

"이거……. 다 먹으라고?"

"병원 밥은 맛없잖아."

제현은 당당한 표정으로 양손 가득한 장바구니를 들어 보였다.

왼쪽을 봐도 풀, 여기를 봐도 풀.

샐러드에 들어갈 재료를 아주 다량으로 구매해 놨다.

상준은 묵직한 당근을 꺼내고선 진지한 얼굴로 내려다보았다.

"한 대 치겠다는 의미인가……."

"좋아하지 않을까?"

"어, 좋아하겠다."

아주 건강해 보이네.

'어차피 내가 먹을 건 아니니까.'

상준은 흐뭇한 미소를 지으며 고개를 끄덕였다.

"제현아, 너 메모하는 거 좋아하잖아."

"어엉."

메모.

제현은 다시 휴대전화를 꺼내 들고선 상준의 말을 받아 적을 준비를 했다.

"나는 이런 거 사 오지 마라… 메모."

"메모……."

"형은 전부 고기로 사 와라, 메모."

메모…….

작게 중얼거리며 상준의 말을 따라 적던 제현은 심각한 얼굴로 고개를 들었다.

"…그건 타산이 안 맞아, 형."

"타산이 뭔지 알아……? 네가?"

"……."

예전에는 해맑게 받아 적었던 녀석이 눈치도 빨라졌다.

쓰읍.

"쪼그만 게 눈치는 빨라 가지고."

"이제는 내가 형보다 큰……."

망할.

이제는 너무 커져 버린 막내를 바라보며 멍해진 상준이었다.

*   *   *

아팠던 사람이 맞나 싶을 정도로 상운은 빠르게 회복했다.

상준은 멤버들을 먼저 병실에 들여보내고 나서 면담을 시작했다.

이전에 찾아뵈었을 때보다 훨씬 희망차 보이는 안색의 의사 선생님이 상준을 맞이했다.

중후한 목소리가 입을 열었다.

"지금 상태는 아주 좋습니다."

"그런가요."

혹시나 다시 쓰러져 버리진 않을까 조마조마했던 상준이었다.

다행스러운 얘기에 상준의 얼굴이 밝아졌다. 그런 상준을 향해 의사 선생님은 조심스럽게 말을 이었다.

"사실……. 좀 놀랐습니다."

"깨어난 거요?"

그는 천천히 고개를 저었다.

사실 혼수상태에 빠져 몇 년씩이나 깨어나지 못했다가 어느 날 갑자기 일어나는 사람들이 없는 건 아니었다. 오히려 상운의 경우는 생각보다 늦게 깨어난 케이스였다.

'왜 일어나지 않지?'

처음 이 병원에 왔을 때의 상태는 참담했다. 언제 죽었어도 이상하지 않았을 상태였으니까. 그런데 막상 1년이 지나고, 2년이 지났을 때. 병원 사람들은 놀라지 않을 수 없었다.

'…언제 이렇게 좋아졌지?'

마치 스스로 끊임없이 회복하는 것처럼 상태가 눈에 띄게 좋아졌기 때문이었다. 언제 깨어나도 이상하지 않을 상태로.

하지만, 정작 깨어나고 나니 놀랄 건 따로 있었다.

"그렇게 빨리 회복하는 환자는 처음 봤거든요."

손가락 까닥이는 거부터 버거운 게 정상인데 간단히 몸을 가누는 데도 그리 오랜 시간이 걸리질 않았다.

말도 그랬다. 혼수상태에서 깨어난 직후 말을 제대로 하는 환자는 거의 없었다. 상운은 뇌를 다친 상태였던 걸로 기억하니까.

그런데.

"말도 잘하고……."

언어 재활을 딱히 할 필요도 없을 수준이었다.

기적적인 일이었다.

의사는 흥분을 가라앉히며 숨을 골랐다.

"보행훈련 천천히 들어가면 될 거 같아요. 지금으로서는 아주 희망적인 상황이라, 금방 잘 걷게 될 거라고 기대하고 있습니다."

"…감사합니다."

상준은 흐릿한 미소를 지으며 고개를 끄덕였다.

오랫동안 걷지 않아서 재활훈련을 해야 하는 것 외에는 별다른 걱정이 없었다. 놀랍게도 몇 년이 지난 현실에 잘 적응하고 있었고 치료도 긍정적으로 잘 받고 있다고 했다.

타고난 낙천적인 성격 덕분일 터였다.

드르륵.

상담을 마친 상준은 상운의 병실 문을 열어젖혔다.

"이야, 그러면 상준이 형 썰 좀 풀어줘 봐."

"형?"

"좀 놀릴 만한 거 없어? 아, 어렸을 때 있잖아."

"으으음……."

쾅.

"……!"

상준이 대놓고 소리를 내고선 들어오자 조잘대던 도영이 동그란 눈을 뜨고 옆으로 도망갔다. 그 짧은 사이에 말까지 놓은 모양이었다.

'하기야 동갑이니까.'

하지만, 이런 쪽으로 죽이 잘 맞길 바란 건 아닌데.

쓰으읍.

상준은 도영을 향해 눈치를 주고선 상운에게 시선을 돌렸다.

"오늘은 뭐 했어?"

"이거 읽으래서 읽고 있었는데."

상운은 동화책을 손으로 가리키며 따분한 표정을 지어 보였다.

병원 안에서 이것저것 재활훈련을 하는 모양이었는데, 시키는 대로 나름 열심히 하고 있는 거 같았다.

"내가 스물한 살이라며, 근데 토끼와 거북이가 뭐야."

정확히는 발음 연습의 일종이었지만, 상준이 보기에는 그런 연습이 필요 없을 정도로 능숙해 보였다.

'기적이라니까요.'

상준은 의사의 말을 떠올리며 미소를 지었다.

"아, 맞다. 도영이 형이 준비한 거 있어요."

"준비?"

그새 달팽이 통을 꺼낸 제현은 기분 좋게 생글거렸다.

"…이건 뭐야?"

"저희가 숙소에서 팽이 기르거든요."

요새도 꾸준히 팽이 일기를 올리고 있는 제현이다. 그만큼 팽이에 대한 사랑은 지대했다. 처음에 도영의 달팽이를 봤을 땐 사뭇 당황한 얼굴이었지만, 어느새 애정을 붙이고 기쁘게 녀석을 소개하고 있었다.

"형도 병원에 있으면 혼자 심심하잖아요."

"어엉……."

"기르면 좋지 않을까요!"

두 주먹을 꽉 쥐고서 말하는 제현에 상운은 웃음을 터뜨렸다.

표정을 보니 진심으로 하는 말인 것 같다.

그런데.

"…병원에서 달팽이 못 기를걸."

"……."

아.

미처 그 생각을 못 한 제현의 눈꺼풀이 바르르 떨렸다. 그걸 지켜보고 있던 도영은 머리를 긁적이며 작게 중얼거렸다.

"미안."

얘기를 들어보니 도영도 모르고 준비한 것 같았다. 하기야 도영이 그렇게 깊은 생각까지 했을 리가 없으니, 상준은 납득이 간다는 얼굴로 서 있었다.

"아……."

제현은 시무룩한 얼굴로 고개를 끄덕이다가 이내 낯빛을 바꿨다.

"그럼 어쩔 수 없으니깐… 이름이라도 지어주세요."

"달팽이 이름?"

제현은 두 눈을 반짝이며 고개를 끄덕였다. 어차피 팽이를 열심히 기르고 있으니 새로운 녀석을 잘 키워보겠다는 의지로 불타는 모습이었다.

"음."

상운은 턱을 천천히 쓸어내리며 작게 중얼거렸다.

이름을 곰곰이 떠올려 보니 생각이 날 것도 같았다.

"내가 좀 사람 이름 같은 거 좋아하거든. 보통 이런 애들 이름 지어줄 때."

"오……."

제현은 격하게 고개를 끄덕이며 상운의 말을 마저 들었다. 어차피 이름을 상운에게 맡겼으니 웬만한 이름이라면 그대로 따를 생각이었다.

"좀 익숙하고 친근한 이름, 그런 거 있잖아."

"네네."

"어울리지 않을까."

"저는 좋아요."

평상시 틱틱대던 막내는 어디로 가고 상운의 말을 제법 잘 듣는다.

상준은 한 걸음 떨어져서 둘을 지켜보았다. 얼핏 듣기에는 훈훈해 보이는 대화였지만 아까부터 왠지 이상한 느낌이 들었다.

"어떤 이름이든 다 괜찮긴 하지? 형도?"

"나……?"

아까부터 서론이 왜 저렇게 긴 거야.

상준은 갑자기 자신을 부르는 말에 화들짝 놀라며 바라보았다.

"나한테 왜 물어봐."

"같이 지낼 식구잖아."

이건 십여 년을 함께 지낸 자의 직감이다. 저 녀석이 생글거리면서 말을 끄는 데에는 백 프로 이유가 있다.

그리고.

유감스럽게도 상준의 직감은 틀리질 않았다.

"상준이는 어때?"

*   *   *

그날 밤.

숙소는 한바탕 난리가 났다.

숙소에 입주한 새로운 식구를 환영하기 위해서였다.

새로운 통에서 살아 숨 쉬는 귀여운 생명을 보기 위해 단체로 모여든 멤버들.

그 지대한 관심은 어째 이상한 방식으로 흐르고 있었다.

"상준아, 상추 먹을래?"

"상준아, 여기 봐봐."

"아이고, 잘 먹는다. 큰 상준이도 저렇게 잘 먹으면 좋을 텐
데……."

"야!"

망할.

상준은 두 귀를 막은 채 한동안 고통받아야 했다.

*　　　　*　　　　*

"여러분, 방송 오랜만이에요."

카메라를 든 제현의 맑은 목소리가 숙소에 울려 퍼졌다.

그와 동시에 시청자들이 빠르게 쏟아졌다.

―와아아아아아아아

―!!!! 제현아 얼마 만의 팽이 일기야!!!

정확히는 일주일 만이다. 요새 새 앨범을 준비하느라 잠시 팽
이 일기의 업로드가 뜸했다.

"자! 오늘 소개할 친구가 있거든요."

―소개할 친구???

—그게 머임?

—두근두근

—숙소 뉴 페이스!

—이랬는데 상준이 튀어나오는 거 아님?

마지막 댓글은 아마도 예지력이 있는 것 같다. 제현은 속으로 생각하며 미소를 지어 보였다.

"아주 잠깐 보여 드릴게요."

"……."

"하나, 둘, 셋!"

스윽.

제현은 새로운 식구가 있는 곳으로 잠시 카메라를 비췄다.

겨우 3초. 눈썰미가 좋은 팬들이 다급히 댓글을 쏟아냈다.

—????

—저 통 안에 있는 애는 뭐야???

—팽이 친구인가?

"와, 이걸 보셨다고요?"

제현은 초콜릿을 오물거리며 감탄했다. 이번에는 확실한 클로즈업으로 새로운 식구를 보여준다.

"팽이 친구를 데려왔답니다!"

—와아아아아아앙

―근데 제현아;; 팽이 친구라기에는 너무 큰데?

―설명충 갑니다! 달팽이는 기본적으로 잡식입니다. 백와는 외래종으로 토종 명주달팽이와 함께 두면 명주달팽이를 잡아먹습니다. 제현아, 걔 친구 아니고 식사야~~~ 식사!!!

―윗댓 미쵸 ㅋㅋㅋㅋㅋㅋ 동심 파괴 하지 말라고!

"식사요……?"

으음?

―아니야 제현아 못 본 척해

―ㅋㅋㅋㅋㅋㅋㅋㅋㅋ

―달팽이가 달팽이 모가지부터 뜯어 먹는댕

―저 놀란 표정 봐 어떠케…….

"그럴 리가 없어요."

제현은 동심 가득한 눈빛으로 울먹거렸다. 하지만, 그 와중에도 뉴 페이스 달팽이에 대한 신뢰는 그대로인 것 같았다.

"착한 애예요."

―달팽이는 죄가 없어……. 그냥 본능에 충실할 뿐이야!

―한 끼 식사 꿀꺽

―이과 온탑들 꺼져!!!!!

―제현아 마음으로 알 수 있어. 분명 둘은 친구일 거야 그치?

―그러엄 그러엄

―아이고 착하다!!!

"진짜라고요."
왜냐면…….
"이 달팽이 이름이 상준이거든요."
제현은 자신만만한 얼굴로 묵직한 한마디를 뱉었다.
제현의 충격적인 멘트의 후폭풍은 댓글들이 증명하고 있었다.

―????????????
―이름이 뭔가 좀 이상한데?
―ㅋㅋㅋㅋㅋㅋㅋㅋㅋㅋ

"상준아……."
"상추 먹자."
오물오물.
통 안의 상준이는 상추를 뜯어 먹는 데에 여념이 없었다.

            *   *   *

"아주 썩을 놈들이에요."
상준은 거듭 중얼거리며 자꾸만 오르는 혈압을 관리했다.
"이제는 급기야 저한테 상추를 줘요."

―아 ㅋㅋㅋㅋㅋㅋㅋㅋㅋㅋㅋ

—졸지에 달팽이 됐네
—달팽 상준 ㄷㄷ

"기사도 떴어요."

「탑보이즈 나상준 '요즘 주식은 나뭇잎'」

—와 제목 보고 낚였네 다이어트 하는 줄
 ㄴ연예계 동명이인은 봤어도 집에서 기르는 달팽이랑 이름 같
은 연예인은 처음 보네 ㅋㅋㅋㅋ
 ㄴ누가 이름 지은 거임?
 ㄴ도영이 아닐까요
 ㄴ제현이라던데
 ㄴ이야 팀 우애가 너무 좋네요 ^^
—상준이는 놀리는 맛이지
 ㄴ상또놀
 ㄴ이제 선물로 샐러드 세트 사줘도 되는 부분?
 ㄴ상준이 부들대는 소리가 여기까지 들리네요
 ㄴㅋㅋㅋㅋㅋㅋㅋㅋㅋ거의 24시간 야자 타임 아니냐?
 ㄴ오 야자 타임 보고 싶다
 ㄴ2222222
 ㄴ야자 타임 해주고 달팽이 이름 바꿔주는 거임
 ㄴ에이~ 상준이는 완전 남는 장사네

"…미쳤나 봐요."

이상한 헤드라인 뽑아서 연예 뉴스에 걸어두지 말란 말이다.

상준은 억울하다는 표정으로 말을 쏟아냈다.

"야자 타임이요?"

—○○○○○○○○

—오 기사 댓글 봤나 보다 그거 내가 단 거야 상준아!!!!

—보여줘! 보여줘!

"아."

생각해 보니 멤버들끼리 모여서 야자 타임을 해본 적이 한 번
도 없었다. 상준은 턱을 괸 채 잠시 팬들의 댓글을 읽었다.

달팽이의 이름을 바꿔준다는 조건으로 야자 타임.

"괜찮은데?"

평생 달팽이로 취급될 바에는 확실히 남는 제안이다.

"야! 다들 모여!"

상준은 다급히 멤버들을 불러 모았다.

*   *   *

미니앨범 준비가 막바지인 차에 오랜만에 열린 유이앱이었다.

도영은 새로 스타일링한 머리를 감추기 위해 후드집업을 모자
까지 눌러쓰고선 등장했다. 제현 역시 마찬가지였다.

"예에에에!"

"소리 질러!"

─아ㅏ아아아아
─오늘 진짜 야자 타임 하는 건가?
─아 일단 머리 스포부터 하고 시작하면 되지 않을까?
─일단 도영이 머리는 갈색임

"아, 여러분."
도영은 자신의 이름을 발견하고선 억울한 표정이 되었다.
"모른 척, 쉿. 알죠, 알죠?"

─이미 다 보였어어어어
─야자 타임 ㄱㄱㄱ

이미 망한 것 같다.
휘익.
도영은 후드집업을 벗어 던지고선 선우에게 말을 던졌다.
"네, 형. 오늘 저희가 할 게 뭐라고요?"
"…야자 타임."
여기 상준 외에 또 다른 희생자가 하나 있었다. 선우는 머리를 긁적이며 마이크를 손에 들었다.
"네, 상준이의 이름을 돌려받기 위해서 하는 야자 타임인데요."
"와아아아."
"저는 왜 여기에 있는지 잘 모르겠……."

저런.

상준은 안타깝다는 표정으로 인자하게 선우의 어깨를 토닥였다.

"괜찮아. 같이 죽자."

"아주 바람직한 마인드시네요."

"그렇죠?"

상준은 고개를 끄덕이며 빠른 시작을 하기로 마음먹었다.

"네, 이렇게 된 이상. 10분 동안 저희가 야자 타임을 진행하도록 하겠습니다!"

"꺄아아아!"

판은 깔렸다.

원래도 날뛰는 동생들이 비로소 제대로 날뛸 기회가.

하나, 둘, 셋.

제현의 설렘 가득한 카운팅과 함께 야자 타임의 시작이 열렸다.

*　　　*　　　*

월남쌈 샤브샤브.

오늘의 유이앱 먹방 콘텐츠는 바로 이 음식이었다.

이 피 튀기는 야자 타임만 아니었다면 흐뭇한 마음으로 샤브샤브를 먹었을 터였다.

'10분 어떡하지?'

상준은 두 눈을 끔뻑이며 불안한 표정을 짓고 있었다.

아니나 다를까.

"시작하겠습니다."

땅.

시작과 동시에 도영의 살벌한 목소리가 곧바로 상준을 붙들었다.

"상준아."

"네, 형."

제현은 벌써부터 깔깔대며 상준을 굴릴 만한 계획들을 빠르게 머릿속에서 세우고 있었다. 19세 인생 중에서 가장 머리가 빠르게 돌아가고 있는 순간이었다. 도영은 곧바로 실천에 들어갔다.

"너, 풀 좋아하잖아."

"네, 그렇죠."

"고기는 내가 먹어도 되지?"

저게 치사하게.

도영은 당근을 한 움큼 집어 상준의 월남쌈 위에 얹어주었다.

"맛있게 먹어."

"네, 감사합니다."

"우리 선우도."

"……!"

방심하면서 웃고 있던 선우는 당황한 얼굴로 고개를 끄덕였다.

"아이고, 감사합니다."

"그래, 잘 먹는다."

"푸흡."

놀란 모습에 상준은 참지 못한 웃음을 흘리고 말았다.

"어?"

그걸 포착한 유찬이 가만히 있을 리 없었다.

"상준아, 웃어?"

"네……?"
"지금 이게 웃겨?"

─ㅋㅋㅋㅋㅋㅋㅋㅋㅋㅋㅋㅋㅋㅋ
─개살벌해 ㅋㅋㅋㅋ
─쌓인 게 많아 보이는데?

"네가 웃을 때가 아닐 텐데."

─아 너무해 ㅋㅋㅋㅋㅋㅋㅋㅋ
─유찬이 뼈 때리는 거 봐, 상준이 순살 될 듯
─선우 옆에서 쫄고 있는 거 킬포네 ㅋㅋㅋ

아.
'넌, 이따가…….'
상준은 뒷말을 속으로 삼키며 자세를 고쳐 앉았다. 어차피
맏형이라 하이에나 같은 동생들의 눈빛을 피해 가기는 글렀다.
10분을 잘 버티는 것밖에 방법이 없다.
"……."
가만히 상황을 지켜보고 있던 10분 맏형 제현이 허리를 펴며
입을 열었다.
"상준아, 물 좀 떠 오자."
"아."
고개를 까닥이던 상준이 건성으로 대답했다.

"물이 없는데요."

"…상준아?"

"네?"

"어이가 없네?"

"……!"

켁.

"물이 없으면 만들어서라도 가져와야지. 너, 지금 그게 형한테 할 소리야?"

"아, 넵."

"아이시스에서 퍼 오라고. 내 말 안 들려?"

—제현아 아이시스… 가 아니라… 오아시스야…….

—ㅋㅋㅋㅋㅋㅋㅋㅋㅋㅋㅋㅋㅋㅋㅋ

—여기서 PPL을 해버린다고?

—상준이 퍼 오라 한다고 퍼 오네 ㅋㅋㅋㅋ

미적거리던 상준은 다급히 자리에서 일어났다.

껄렁한 자세로 앉은 제현은 막대 사탕을 오물거리며 지시 사항을 더했다.

"물 1 대 3으로 알지?"

"네, 알죠."

쪼르르.

또 막상 시키면 시키는 대로 잘한다.

상준은 예리한 눈빛으로 정확히 물을 따르기 시작했다.

해맑은 말도 더했다.

"형님."

"어어."

"침 뱉어도 되죠?"

―ㅋㅋㅋㅋㅋㅋㅋㅋㅋㅋㅋㅋㅋㅋ

―너무 당당한데

―이야 상준이 막 나가네

"켁."

옆에서 눈치를 보고 있던 선우는 참지 못하고 앞으로 고꾸라 졌다. 제현은 못마땅한 표정으로 둘을 번갈아 바라보며 고개를 저었다.

"하, 안 되겠네."

―한숨 쉬는 거 왜케 귀여움 ㅋㅋㅋㅋ

―막내 온탑이다 진짜 ㅋㅋㅋㅋㅋㅋㅋ

"얘들아."

제현은 턱을 괸 채 진지한 얼굴로 멤버들을 한 명씩 훑었다. 그의 입에서 사뭇 심각한 얘기가 흘러나왔다.

"형이 뭐라고 했어. 무대를 두려워하면 뭐다?"

"프로가 아니다!"

"그래. 이렇게 열심히 안 하면, 어떻게 되겠어. 지금 팬분들이 보고 계시잖아. 이렇게밖에 못 해?"

망할.

상준은 어딘가 익숙한 멘트에 고개를 푹 숙였다.

'미안하다. 내가 잘못했다……'

—상준이 역지사지 당하는 중

—열정 만렙 상준이 ㅋㅋㅋㅋㅋ

—이야, 제현이 뒷감당 어떻게 하려고

제현은 흐뭇한 미소를 지으며 몸을 뒤로 젖혔다.

"상준아, 일단 앞에서 앞구르기 하고 있어."

"아, 네."

"그리고 유찬이는 까마귀 사운드 알지? 배경음으로 내주고."

"네……!"

"선우는 응원해."

"와아아아! 파이팅!"

"그리고 우리 도영이는……."

제현이는 도영을 천천히 훑었다. 도영은 긴장한 기색으로 침을 삼키며 제현의 눈치를 살폈다.

'뭔 신박한 걸 시키려고.'

하지만, 도영의 예상은 보기 좋게 빗나갔다.

"가아만히… 있어."

"네?"

"그 주둥아리 좀 나불대지 말아봐. 네가 아직 몰라서 그러는데. 형 나이 되면 골이 흔들려."

―ㅋㅋㅋㅋㅋㅋㅋㅋㅋㅋㅋㅋㅋㅋㅋㅋㅋ
―팩폭 미쳤네 ㅋㅋㅋㅋㅋㅋㅋㅋ
―벌써 그럴 나이였어?

"형이 정신이 하나도 없잖아. 그치?"
"네, 형……!"
도영은 시무룩한 얼굴로 고개를 숙였다.
그렇게 가만히 있는 도영을 제외하고.
숙소는 한바탕 난리가 났다.
데구르르.
"잘한다, 잘한다!"
상준은 말 그대로 구르고 있고.
"까악… 까아악……."
유찬은 서글픈 상준의 마음을 까마귀 소리로 담아내고 있었다.
마지막으로 선우는 야광봉까지 들고 와서 신나게 제현의 옆
에 붙어 있었다.
"형님, 오늘 볼거리가 참 많은 거 같습니다!"
"너도 구를래?"
"…아, 괜찮아요."

―제현이 야자 타임 개잘하네 ㅋㅋㅋㅋ
―선우 아부하다가 바로 꼬리 내림

―간신배 척살 ㅋㅋㅋㅋㅋㅋㅋㅋㅋㅋ

―상준이 잘 구른다 ㄷㄷ

"팬분들, 제가 이렇게 열심히 일하고 있습니다. 봐주세요, 여러분."

"상준아, 조용히 하고 마저 구르고 있어."

"허억… 헉."

상준이 거친 숨을 몰아쉬며 오랜만의 운동에 고통받고 있을 때였다.

'아, 언제 끝나.'

송준희 매니저가 손을 흔들며 폭탄 같은 한마디를 던졌다.

"10분 끝났습니다."

―제현아 튀어어어어어어

―절대 도망쳐

―ㅋㅋㅋㅋㅋㅋㅋㅋㅋㅋㅋㅋㅋ아 10분 천하 끝났다

팬들의 폭발적인 반응과 함께.

"…이제현 어디 갔어?"

후다닥.

날렵한 인영이 순식간에 숙소 밖으로 탈출했다.

제2장

다큐멘터리

"아, 잘못했어요……."

10분 천하의 대가는 가볍지 않았다. 제현은 곡소리를 내며 어색한 미소를 지었다.

"게임은 게임일 뿐! 뒤끝은… 아악!"

"뭐? 주둥이를 어째?"

도영은 제현의 귀를 잡아당기며 아까의 발언을 번복하고자 했다. 제현은 고개를 끄덕이며 말도 안 되는 도영의 주장을 듣고 있었다.

"형 목소리가 어때서. 좋잖아. 탑보이즈의 보컬은 뭐다?"

"형 목소리 꾀꼬리지."

"…왜 기분이 나쁘지?"

"왜 칭찬을 해줘도 난리래. 악!"

이 와중에도 팩트만 체크하다가 한 대 더 얻어맞은 제현이다.
그렇게 도영의 앞에서는 나름 제 할 말을 쏟아낸 그지만…….

"할 말이 많지?"

"……."

상준이 두 눈을 반짝이자 곧바로 입을 다물었다.

"…형은 최고의 보컬리스트이자, 프로듀서. 멋진 맏형이지!"

내가 못 산다.

워낙에 거짓말을 못 하는 녀석인데도 목숨이 경각에 달려 있으면 알아서 잘하는 모양이었다. 상준은 싱긋 웃으며 제현의 어깨를 주물러 주었다.

"요새 연습하느라 많이 뭉친 거 같은데."

"…아악!"

"아까 구르느라 형이 관절이 나간 거 같아."

"어엉."

"너 나이에는 골이 흔들리는데 형 나이에는 뼈가 시리단다."

아앗.

도영은 눈물을 닦는 시늉을 해 보이다가 상준의 싸늘한 시선에 입을 다물었다.

"봐봐. 도영이 형은 역시 가만히 있어야……."

"뭐?"

"고만들 싸워라."

선우는 손사래를 치며 상황을 정리하기에 바빴다.

야자 타임 때문에 열심히 구르긴 했지만 덕분에 달팽이의 이름은 바뀌었다.

"우리 팡이……."

제현은 새로운 식구를 흐뭇하게 내려다보며 작게 중얼거렸다.

"상준이가 더 마음에 들었는데."

뒷말만 빼면 참 훈훈했는데.

본인의 이름이 바뀌었는지 모르는 상준이, 아니, 팡이는 더듬이를 흔들며 제현을 올려다보고 있었다.

"그래, 팡이가 더 귀엽다."

상준은 흐뭇하게 중얼거리며 자리에서 일어섰다.

그때였다.

위이잉.

상준의 손에 들린 휴대전화가 시끄럽게 진동했다.

[강찬]

'무슨 일이지?'

수신인을 확인한 상준은 놀란 눈을 크게 떴다.

블랙빈의 찬이다. 이전에 전화번호를 건네준 적이 있으니 전화가 오는 건 이해할 수 있지만 의아하긴 했다.

이렇게 사적으로 연락한 적이 거의 없는 사이였기 때문이었다.

블랙빈의 다른 멤버면 몰라도 찬은 더욱 그랬다.

"여보세요?"

딸깍.

전화를 받은 상준이 말문을 열자마자 다급한 목소리가 귓가로 흘러들어 왔다.

—상준이 형, 맞으시죠?

"그건 맞는데……."

—지금 좀 말려주세요.

"…어?"

말려달라니, 뭐를.

상준은 당황한 기색으로 휴대전화를 고쳐 들었다.

대체 무슨 일이 일어나는 거냐고 물어보기도 전에, 심각한 한 마디가 상준의 귀에 꽂혔다.

—은수 형, 난리 났어요. 지금.

*　　　　　*　　　　　*

제대로 된 상황을 전해 듣지도 못했다.

그저 은수가 잔뜩 화난 상태로 실장실을 찾았다는 것과 조승현 실장이 싸움을 말리고 있다는 것 정도.

'블랙빈 실장님이랑 은수가?'

상준이 알기로는 유난히 사이가 좋은 둘이었다. 갑자기 저렇게 한바탕이 난리가 났다는 것은 분명 무슨 일이 생겼다는 의미였다.

"허억… 헉."

다급히 JS 엔터로 뛰어서 도착했을 때.

상준은 자신의 예감이 맞았음을 알았다.

"지금 이게 말이 된다고 생각하세요?"

분노가 가득한 은수의 목소리가 실장실에 울려 퍼졌다. 붉어진 얼굴로 말을 토해내는 은수는 누가 봐도 흥분한 상태였다. 블랙빈의 리더를 맡으면서 그 어떤 일에도 거의 화낸 적이 없는 은수였다.

"은수야."

블랙빈의 실장은 한숨을 내쉬며 그런 은수를 진정시켰다. 그래 봤자 먹히지도 않았지만 말이다. 은수는 머리를 짚으며 흥분을 가라앉혔다. 그렇다고 해서 싸늘한 말투조차 사라진 것은 아니었다.

"실장님, 진짜 이건 아니에요."

후.

상준은 말소리를 들으며 들어가야 할지 고민했다. 갑자기 난입하자니 저들의 대화가 너무 심각해 보였고, 가만히 있자니 상운의 얘기라 난처했다.

"그렇게까지 하고 싶으세요?"

"네가 무슨 생각 하는지는 알겠는데. 그런 거 아니야."

"아픈 애 이용하는 거 아니면, 이게 뭔데요, 그럼?"

은수는 떨리는 목소리로 실장을 노려보았다. 조승현 실장은 난처한 얼굴로 뒤에 서 있었다.

"이렇게 하라고 누가 그래요? 이게 잠시나마 함께했던 연습생에 대한 도리는 아니잖아요, 진짜로."

"…은수야, 그게……."

"진짜 너무 이해가 안 돼서 그래요."

울분이 차오를 것 같았다.

은수는 붉어진 눈시울로 말을 이었다.

"아픈 애 데리고 다큐가 그렇게 찍고 싶었어요? 기삿거리로 만들면 화제가 쏠릴 거 같아서?"

은수가 화를 내는 이유는 하나였다.

아픈 상운을 데리고 다큐멘터리를 찍자는 제안이 왔다는 것.

그걸 우연히 실장실에서 발견하고는 지금까지 이 상태였다.

이런 일로 화제가 되는 게 얼마나 위험한지 알면서도 이걸 진행하겠다는 게 도무지 이해가 가지 않았다.

"이런 스토리로 눈물이라도 짜내면. 블랙빈이랑 탑보이즈한테 좋은 일이라도 있어요? 아. 좋겠지. 이것도 홍보니까. 그렇죠?"

"차은수, 말 가려가면서 해."

"저기, 진정 좀 해보는 게 좋을 것 같은데. 둘 다."

조승현 실장은 손사래를 치며 둘 사이를 막아섰다. 그럼에도 팽팽한 긴장감은 조금도 가시질 않던 때였다.

벌컥.

"……!"

상준이 문을 열고 들어왔다.

"지금 무슨 일이에요?"

조승현 실장도 블랙빈 실장도. 마지막으로 차은수조차 전혀 예상하지 못했던 상준의 등장에 멍해진 얼굴이었다.

"어떻게 왔어……?"

조승현 실장의 물음에 차분한 상준의 대답이 이어졌다.

"방금 대강 들었는데, 무슨 일인가 해서요."

"그게……."

어차피 이 일을 진행하면서 상준이 모르게 할 생각은 없었다.

끼이익.

"커피 마실래?"

"아뇨, 괜찮아요."

결국 이렇게 회의실에 모이게 되었다. 조승현 실장은 피곤해 보이는 얼굴로 상준을 돌아보았다.

"그러니까."

다큐멘터리 측에서 제안이 왔고, 그걸 상운이 하고 싶다고 했단다.

다큐멘터리의 주제는 블랙빈의 데뷔조였던 상운의 사고와 재활, 뭐 이런 거창한 주제임이 틀림없었다.

기삿거리를 제공하는 꼴이다. 은수의 말을 이해하지 못하는 것도 아니었기에 상준은 말이 없었다.

"상운이가 그걸 하고 싶어 했다고요?"

"…그렇다니까."

"실장님이 먼저 얘기하셨겠죠. 해보자고 한번. 별생각도 없던 애를 그렇게 끌어들인 거 아니고요?"

제 할 말을 똑 부러지게 하는 은수긴 했지만 이렇게 흥분한 적은 없었다. 그만큼 연습생 시절을 함께해 온 상운이 은수에게 어떤 의미인지 알기에, 블랙빈 실장은 차마 화를 낼 수도 없었다.

심지어 은수가 하는 말이 어느 정도는 진실이었으니까.

"먼저 제안한 건 맞아."

하지만, 강요한 적은 없다.

탁.

블랙빈 실장은 커피 잔을 내려놓으며 차분한 목소리로 말했다.

"상준이 네 생각은 어때?"

가만히 앉아 있던 조승현 실장의 물음이 이번에는 상준을 향했다.

"솔직한 마음으로는, 이게 상운이한테 도움이 되지 않을까 싶어."

"저는 절대 그렇게 생각 안 해요."

"차은수, 가만있어 봐."

이번 기회를 발판으로 연예계 무대에 다시 오를 수 있을지도 모른다는 기대감. JS 엔터에서는 그 희망을 붙들고 있는 모양이지만 은수는 강경했다.

"상처만 줄 거라고, 형. 알잖아. 이게 얼마나 그럴싸한 먹잇감인지."

JS 엔터가 돈 벌기 위해 사고 난 연습생을 팔아먹으려 했다는 이야기부터, 이제 와서 연예계에 다시 도전하려 밑밥을 깐다느니 하는 공격적인 말들이 나올 것이 뻔했다.

가뜩이나 몸을 회복하고 있는 입장에서 괜한 소리들을 들어서 좋을 게 하나도 없다.

하지만.

상준의 생각은 달랐다.

한참의 정적이 지나고, 상준의 입에서 조심스러운 말이 흘러나왔다.

"상운이가 좋다고 한다면……."

"……."

"하는 게 좋지 않을까요."

상준의 한마디에 은수의 두 눈이 동그래졌다. 다른 사람은 몰라도 상운에게 극진한 상준만은 무조건 반대하고 나설 줄 알았다.

"형, 왜 그래? 진심이야?"

"진심이지. 애당초 본인이 하고 싶다는데 어떻게 말려."

연예계는 결코 아름다운 곳이 아니다.

하지만, 적어도 자신이 아는 동생은, 그런 것조차 모르고 덤빌 녀석은 아니었다.

"하고 싶다잖아."

그게 지난 몇 년간 쭉 마음속에서 담아오고 있던 생각이라면.

"…해야지."

상준의 두 눈이 알 수 없는 감정으로 일렁였다.

*   *   *

다큐멘터리 촬영 건은 일사천리로 결정이 났다.

상운의 병실을 가득 채운 카메라를 보면서 상준은 복잡한 심경이 되었다.

'악플 달기만 해봐.'

이번에는 기필코 전부 고소를 때릴 거다.

상준은 그렇게 중얼거리며 발을 굴렸다. 그때, 제작진 하나가 상기된 얼굴로 상준을 향해 달려왔다.

"촬영 준비해 주세요! 편하게, 그냥 편하게 해주시면 돼요. 워낙 이쪽 촬영 많이 하셔서 크게 부담은 없으시죠?"

"아, 네."

부담된다. 사실은 그 어떤 촬영보다도 부담된다.

괜히 자신 때문에 상운이 욕을 먹을까 봐 걱정하는 마음이
컸다.

한때 아이돌이 꿈이었던 재능 있는 연습생 나상운보다.

상준의 동생이라는 그 타이틀이 지금은 더 위험한 법이니까.

후자라면 관심이 쏠리겠지만, 그만큼 싫어할 사람도 늘 터였다.

상준은 깊은 한숨을 내쉬고선 상운의 병실에 들어갔다.

드르륵.

"왔어?"

떨릴 법도 한데 상운은 평상시 모습 그대로였다. 카메라 여러
대가 자신을 비추고 있는 와중임에도 그랬다.

"뭐 하고 있었어?"

"그냥. 보행 훈련하고 산책도 좀 나갔다가……. 그림 그리기?
이거 볼래?"

상준의 눈에 신박하게 생긴 주꾸미가 하나가 들어왔다.

나름 색칠까지 꼼꼼히 한 걸로 봐서는 상당히 손을 쓴 모양이
었지만……

"형 얼굴인데."

"너, 내 안티였구나."

"…어떻게 알았대."

이 창백하고 공포스러운 비주얼은 또 뭐란 말인가.

"너는 음악하길 잘했다."

같은 예체능이어도 그쪽은 확실히 아니었다. 상준은 고개를
절레절레하며 기타를 꺼내 들었다.

원래는 상운에게 간단한 연주를 들려주기 위해 챙겨 온 거였다.

"뭐야?"

예상대로 상운은 바로 관심을 보였다.

"형, 기타도 칠 줄 알아?"

상운이 기억하기로는 제대로 코드도 짚지 못하던 형이었다.

그렇기에 자연히 생각은 다른 쪽으로 향했다.

상운은 두 눈을 반짝이며 자신을 손으로 가리켰다.

"아, 나 치라고?"

어, 그거 아닌데.

차마 아니라고 말하기도 전에 상운이 불쑥 손을 내밀었다.

"내가 또 들려줘야 하는 건가?"

'지금 이 몸 상태로?'

제대로 코드를 잡는 것도 버거울 거 같은데.

상준은 의아한 얼굴로 기타를 넘겨주었다.

'치긴 칠 수 있을까.'

아무리 완벽한 재능의 상운이라고 해도 지금 상태로 수준급의 연주는 무리였다.

아니, 그게 정상이다.

그런데.

"……"

첫 소절을 듣자마자 병실 내부는 쥐 죽은 듯이 조용해졌다.

*　　　　*　　　　*

디리링.

기타 소리와 함께 시작된 감미로운 멜로디.

첫 소절을 들은 순간 상준은 의아함을 감출 수가 없었다.

'DON'T STOP?'

이 노래를 선곡할 줄은 몰랐다.

사실 기타 하나만으로는 이 곡의 파워풀함을 강조하기 어려운 노래였으니까.

'근데 이걸 이렇게……'

원래는 BREAK DOWN 앨범의 수록곡으로 활동했던 노래였다. 격한 퍼포먼스와 멜로디로 인기를 끌었던 노래인데 이렇게 어쿠스틱으로 바꿔서 연주하다니.

손만 뻗으면 닿을 거 같은데
닿으면 깨어질 것만 같아
그 모든 것은 환상이었을까
이 이야기의 끝은 시작이 될 수 없는 걸까

상운은 여유롭게 웃으며 노래를 시작했다.

병실 안의 스태프들을 순식간에 사로잡게 만드는 부드러운 목소리. 상준의 목소리보다 한 톤 높은 상운의 목소리는 미성이었다.

병실에 오래 있는 동안 목을 전혀 쓰지 않아서인지 상운의 목소리는 상준이 기억하던 것보다도 더욱 순수하고 맑았다.

'저 목소리가 누구였지?'

지나가던 사람이 들으면 자꾸만 생각나게 만들 정도로, 어쿠스틱 버전과 너무도 어울리는 목소리였다. 상운의 노래 실력이야 수없이 들어왔으니 대단한 것은 알았지만, 스태프들은 사뭇 다른 거 같았다.

'아, 너무 아깝다.'

저 재능이 너무도 아까웠다.

사고로 빛을 잃어버리기에는 너무도 빛이 나는 재능이었다.

'열심히 찍어야겠다.'

이 프로그램을 통해 반드시 저 재능을 세상에 알리고 싶었다. 카메라맨은 사명감을 담아 카메라 앵글을 조준했다.

부서지는 무대 위에서

쉬지 않고 달려

멈출 수 없어서

손 내밀면 잡힐 것만 같아서

무대에 다시 서고 싶은 마음을 담아, 한 땀 한 땀 멜로디에 힘을 싣는 상운.

분명 병실에 기타가 없었을 테니 몇 년 만에 치는 게 맞다.

그런데 조금의 실수 없이 매끄럽게 이어지는 걸 넘어서 즉석에서 편곡을 하는 실력이라니.

감탄밖에 나오질 않았다.

도대체 이 재능은 뭐란 말인가.

「악기의 마에스트로」.

상준은 체화한 재능을 바라보며 혀를 내둘렀다. 저건 진짜 타고난 재능이다. 대여해서 얻은 재능으로도 따라갈 수 없는 수준의 재능.

'잘하네, 진짜.'

상준은 흐뭇한 미소를 지으며 상운의 화려한 연주를 응시했다.

손의 힘이 많이 빠진 상태라 예전처럼 힘 있는 스트로크를 치지는 못하는 것 같았지만, 어쿠스틱 베이스의 노래를 살리는 데에는 부족함이 없었다.

그 시간들은 한 편의 기억이 되어
이렇게 남아 있으니까
너의 말이 진실이 아니라 해도
그 무대는 남아 있잖아

무대에 서고 싶다.
상운은 마치 그렇게 말하는 것 같았다.

그건 결코 꿈이 아니었잖아
그렇게 말해줘

이 기타를 메고 다니며 연습실에서 하루 종일 연습에 매달리고 있었던 그때로 돌아간 착각마저 들었다.

상운 스스로도 빠져들어 간 연주였다.

"와."

디리링.

여운을 실은 기타 소리와 함께 곡이 마무리되었을 때.

"…이건 뭐죠."

병실 안의 사람들은 동시에 웃음을 터뜨리고 말았다.

재능이 있는 사람이 혼을 담아 만들어낸 무대는 사람들을 홀리기에 충분했다.

"진짜 환자 맞아요?"

"아니, 몇 년 만에 치는 거 맞죠?"

원래는 상준과 상운의 만남에 끼어들지 않을 생각이었다. 하지만, 너무 어이가 없었던 나머지 저도 모르게 웃음이 흘러나온 것이었다. 정신없이 장면을 담아냈던 카메라맨은 믿을 수가 없는지 연신 두 눈을 끔뻑였다.

"아."

상운은 기타를 내려놓으며 천천히 고개를 끄덕였다.

저 순진무구한 표정을 보아하니 사람들이 왜 웃었는지도 모르는 거 같았다.

"제 기준에는 그렇게 오래된 건 아닌데……."

자고 있는 사이에 몇 년이 흘렀으니까.

"몸한테는 좀 오래됐나 봐요. 옛날에는 진짜 잘했는데."

"…네?"

"아쉽다."

이건 또 무슨 신박한 기만인 걸까.

상준은 다큐멘터리를 시청할 수많은 시청자들에게 석고대죄를 해야 할 것 같은 마음에 사로잡혔다.

'죄송합니다. 제 동생이 이 세상 사람들에게 광역 딜을 날렸습니다……'

물론 고의는 아니지만 결과적으로 그렇게 되어버렸다.

"다음에는 좀 더 연습해서……."

"아니, 그만해."

보다 못한 상준이 상운의 입을 막았다.

"형, 나 기타 학원 다시 다닐까."

안 된다.

선생님이 그 재능을 보고 슬퍼하실지도 모르니까.

상준은 어릴 적에 상운과 음악학원에 다녔던 때를 떠올렸다. 여덟 살에 기타에 관심이 있다고 해서 상운을 데리고 함께 학원에 다녔었다.

정확히 한 달 후.

선생님이 그랬더랬다.

'가르칠 게 없어요.'

이런 재능러 같으니라고.

"아무래도 손이 좀 많이 굳은 거 같은데."

"괜찮아. 형은 어제 시멘트에 굳었어."

"응?"

네가 손이 굳은 거라면 자신은 이미 동상이 되어 있는 게 분명했다.

상준은 자신의 손을 내려다보며 작게 중얼거렸다.

"어쩌면 이미 부러진 걸지도……?"

하여튼 상운을 보며 한 가지 사실은 깨달을 수 있었다. 앞으로는 겸손도 조금씩 조절해야겠다는 사실을.

'대체 그동안 재능으로 몇 명을 때리고 다닌 거야?'

왠지 스스로를 돌아보게 되는 시간이었다.

*   *   *

상운은 다큐멘터리 촬영을 생각보다 부담 없이 즐기고 있었다.

위시 리스트라는 미니 프로그램을 통해 그동안 못 했던 일들도 하나씩 실천해 보고 있는 모양이었고, 꾸준히 상담도 받아가며 몇 년의 시간이 지났음을 납득하고 있는 중이었다.

'가수가 되고 싶어요.'

다시 꿈에 도전해 보고 싶다는 야망도 과감하게 드러냈다.

평생을 바쳤던 일인 만큼 상운의 열망은 쉽게 사그라들 거 같지 않았다.

'그래서 열심히 운동하고 있거든요.'

춤을 다시 추긴 힘들 것이다.

상운이 처음 깨어났을 때만 해도 의사 선생님은 그렇게 단언

하셨다. 하지만, 지금 회복되는 속도를 보았을 때는 마냥 먼 미래 같지도 않았다.

'아직 안 늦었다고 생각하거든요.'

특히 세월의 풍파를 덜 맞아서 실제 나이보다는 조금 어리다나.

상운은 근거 없는 소리들을 늘어놓으며 아직 늦지 않았음을 강조했다. 보는 사람으로 하여금 감탄을 자아낼 정도의 멘탈이었다.

'나는 그럴 수 있었을까.'

상운과 똑같은 일을 당했을 때 자신이라면 과연 저렇게 버틸 수 있었을까 싶었다. 상준은 흐뭇한 미소를 지으며 고개를 들었다.

상운은 상운대로 다큐멘터리 촬영을 하느라 바빴던 스케줄이었지만, 상준 역시 쉴 틈이 없었다.

오늘은 탑보이즈 미니앨범 컴백이 다가온 날이었기 때문이었다.

"유찬아, 준비 다 됐어?"

"네, 저 물 한 잔만 마시고 갈게요."

"안색이 왜 그래, 도영이 너는."

"하⋯ 떨려요."

탑보이즈는 저마다 분주하게 무대에 올라설 준비를 마쳤다.

상준 역시 휴대전화를 내려다보며 빠르게 문자를 보내고선 주머니에 넣었다.

[방송 보고 있어라]

[ㅇㅋㅇㅋ]

상운이었다.

지금쯤 병실에서 TV를 틀어놓고 기다리고 있을 터다.

"가자."

방송으로 생중계될 이번 앨범의 쇼케이스.

상준은 결연한 표정으로 무대에 올라섰다.

"탑보이즈다! 와아아악!"

매번 앨범을 소개할 때마다 느끼는 거지만 불안함이 언제나 함께했다. 지난 앨범이 잘되지 않았으면 잘되지 않은 대로, 잘됐다면 잘된 대로.

앨범을 내면서 긴장되지 않으리라는 법은 없었다.

그것도 팬들에게 가장 먼저 공개되는 무대.

쇼케이스 자리에선 더욱 그랬다.

"나상준! 지선우! 엄유찬! 차도영! 이제현! 탑보이즈! 파이팅!"

"꺄아아아아!"

팬들의 함성 소리와 함께·이번 앨범의 결과가 세상에 드러났다.

*   *   *

"이거 봐. 이거 봐봐, 얘들아."

쇼케이스가 끝난 직후 송준희 매니저는 난리가 난 얼굴로 달려왔다.

"순위 계속 오르고 있죠?"

"어, 이번 화력 장난 아닌데?"

"진짜요?"

「모닝콜」부터 「ASK」, 이번 미니앨범의 타이틀곡 「기다려줘」까지.

쇼케이스 무대를 연달아 뛰느라 지쳐 있는 멤버들이었다.

"팬분들이 너무 좋아해 주셔서. 허억."

상준은 흘러내리는 땀을 닦으며 기둥 옆에 기댔다.

앨범의 차트 순위가 궁금하지 않다면 거짓말이었다. 지난 앨범에서 빌보드를 노렸던 만큼 JS와 멤버들 모두 기대하는 바가 컸다.

음원 차트 1위, 나아가 해외 차트 석권과 연말에 다가오는 시상식까지.

도영은 두 눈을 반짝이며 호들갑을 떨었다.

"이러다 차트 줄 세우기 하는 거 아니에요?"

"내 말이 그거야."

이번 앨범의 진입 순위는 현재 기준 2위다.

10위 안쪽에서 진입을 시작했던 과거와 비교해도 엄청난 성적이었다.

쇼케이스를 시청하고 있는 팬들이 스밍을 돌리지 않느라 떨어진 일시적인 성적일 뿐 순위 추이 그래프만 봐도 다음 시간이면 바로 1위를 찍을 터였다.

역대급 속도다.

"진짜 미쳤다."

선우는 믿기질 않는지 감격한 얼굴로 메로나 뮤직의 차트를 거듭 확인했다. 특히 이번 미니앨범의 비약적인 발전은 수록곡들의 순위에 있었다.

현재 2위를 차지하고 있는 타이틀곡 '기다려 줘'와 큰 차이도 없었다. 3위, 5위, 7위, 10위순이었으니까.

"시작부터 이 정도면……."

"와, 이러다가 우리 연말에 상 쓸어 담는 거 아니에요?"

도영은 두 손을 모은 채 방방 뛰었다. 워낙 정신없이 뛰어다니는 도영이긴 했지만, 지금 이 순간에는 그 누구도 도영을 탓하지 않았다.

"와아악!"

"다들 소리 질러어!"

쇼케이스가 끝나자마자 이런 기분 좋은 소식에 흠뻑 빠질 수 있다니. 상준은 샴페인을 터뜨리고 싶은 마음으로 주먹을 치켜들었다.

"시상식도 쓸어버리자!"

"가자아!"

지난 1년의 성과는 누가 뭐래도 상당한 수준이었다. 아직 인지도가 부족했던 신인의 아이돌이 빌보드 차트에 이름을 올리기까지 그리 오랜 시간이 걸린 것도 아니었다.

도영은 두 눈을 반짝이며 유찬의 어깨를 툭, 쳤다.

"그러면 다들 김칫국 미리 마셔볼까?"

"시상식 때 상 쓸어버리면 뭐 할지, 한 명씩 공약 말해봐."

아.

공약이라고 하니 무서워지는데.

상준은 108배를 했던 순간을 떠올리며 머리를 긁적였다.

"상 세 개."

"이야, 세 개나?"

"세 개 이상 받으면 나는 문워크 해서 나간다."

도영은 생글거리며 손을 들었다. 신성한 시상식장에서 그런 신박한 퇴장이라니. 상준은 웃음을 참으며 유찬의 말을 기다렸다.

"문워크 일단 받고. 나는 두 팔 펄럭이면서 나갈게."

"까마귀 성대모사 하다가 진짜 새 됐나 봐."

"까아아악."

그 모습을 지켜보던 제현은 혀를 차며 한숨을 내쉬었다.

"차라리 나는 해강이 형한테 애교 부릴게."

"이해강 의견도 좀 들어주자."

상큼한 친구 의견은 들어줄 필요가 없고.

상준은 손사래를 치며 선우를 돌아보았다.

"나는 제현이 안고 나갈게. 너는?"

솔직히 상을 세 개나 받는 게 가능할지 모르겠다. 상준은 확신하지 못하면서도 고민에 빠졌다. 경험상 이런 거를 함부로 던졌다가는 정말 108배를 하게 되는 수가 있다.

그럼에도 인간은 언제나 같은 실수를 하게 된다.

"나는 앞구르기 하면서 나가면 되지?"

*　　　　*　　　　*

'우리 이러다가 진짜 차트 줄 세우는 거 아니야?'

도영의 호들갑은 제대로 들어맞았다.

1위, 2위, 3위, 4위, 5위.

메로나 뮤직 상위 차트에는 익숙한 앨범의 로고가 걸려 있었다.

전부 탑보이즈의 이번 앨범 곡이었다.

더 놀라운 건 「BREAK DOWN」이나 「에피소드」 같은 지난 앨범까지 나란히 10위 안에 자리하고 있었다는 거였다.

'DREAM THE TOP! 탑보이즈입니다, 감사합니다!'

음반 성적과 디지털 음원 성적 모두 선두를 달리고 있던 터라, 2주 연속 음악방송 1위를 석권할 수 있었다.

국내 활동 성적으로는 역대급이었다.

앨범 전 수록곡이 이렇게 반응이 뜨거운 것은 처음이었으니까.

"와아아아악!"

"상준이 형, 다 준비됐어?"

"어엉."

상준은 아이스크림케이크를 들고선 거실로 나왔다. 다섯 명이 순식간에 먹어 치울 것 같은 아담한 크기의 케이크가 전등 빛을 받아 반짝였다.

"촛불 붙이고, 다들 한마디씩……."

"패스."

"아, 왜."

"지금 초 녹잖아."

낭만적인 선우의 멘트는 현실적인 동생들에 의해 묻혔다. 상준은 미소를 지으며 그런 선우의 어깨를 툭 쳤다.

"그러면 리더가 대표로 하자."

"좋다아아!"

"선우 형! 선우 형!"

"지선우, 가자!"

선우는 갑작스럽게 쏠린 시선에 당황 섞인 웃음을 터뜨렸다.

"이렇게 몰고 간다고?"

"아, 형. 이거 녹아. 빨리 가즈아!"

"가자!"

음악방송 1위 기념 케이크다.

상준이 칼을 들고선 케이크를 썰 준비를 하자 마음이 급해진 선우의 입에서 진심 어린 말들이 흘러나왔다.

"우리가 되게 힘든 일도 많았는데 이렇게 항상 서로를 믿어준 멤버들······."

"자, 거기까지."

"케이크 녹아요."

"···망할."

역시나 멤버들에게 낚여 버렸다.

상준은 기분 좋은 웃음을 터뜨리며 딸기가 얹어져 있는 케이크를 선우의 접시에 올려놓았다.

"리더님은 많이 드세요."

"…갑자기? 이렇게 불안하게?"

"실장님이 너 찾는대서. 회의 너만 보내래."

그러면 그렇지.

선우는 케이크를 우물거리며 중얼거렸다.

"일 시키려고 먹으라 하는구나."

"그러엄. 우리 리더."

상준은 고개를 끄덕이며 휴대전화를 들었다.

어제 「로드 오브 뮤직」의 첫 방송이 전파를 타면서 탑보이즈가 실시간검색어에 있었다.

이번 프로그램이 여러 해외 국가들에 수출된 데다가 이미 너튜브 영상을 통해 한 번 화제가 되어서인지, 그 여파는 해외에서도 상당했다.

엠마 캐머런의 효과가 없는 만큼 미미할 줄 알았던 해외 성적도 선방했으니까. 타이틀곡이 아이튠즈 1위를 차지했고 빌보드 상위권에 올랐다.

이전 앨범들과는 비교도 되지 않는 성적에 물어뜯던 악플러들도 많이 사라졌다. 물론 그 와중에도 같은 논리를 늘어놓는 사람들은 있었다.

─내가 그때 그랬잖아 ㅋㅋㅋㅋ 차기 앨범 절대 빌보드 못 오른다고

  ┗오르긴 올랐지 나름 상위권인데

  ┗상위권은 무슨? 3위임? 4위임? 10위 안에 걸친 거 가지고

무슨ㅋㅋㅋ

   └얘는 왜케 화나 있음? 너는 빌보드 근처도 못 갔으면서?

   └ㅋㅋㅋㅋㅋㅋㅋㅋㅋㅋ자기합리화 미쳤네

  ─엠마 빨 맞지 뭐 아무리 온탑들이 양심이 없어도 이건 인정해야 하는 거 아닌가?

   └이번 앨범 성적 역대급이거든요? 모르시면 그냥 지나가 주시죠

   └단언컨대 절대 에피소드급 성적 안 나올 거임 앞으로도 ㅋㅋㅋ

   └ㅇㅈ

   └아니면 해외 톱 가수 하나 데려오면 되려나 ㅋㅋㅋㅋ

해외 음원차트에서도 좋은 성적을 거뒀다는 기사였지만 댓글은 한바탕 난장판이 되어 있었다.

분명 좋은 성적이었지만 대중들의 시선은 냉정했다.

상준 역시 완전히 다른 생각을 하지는 않았다. 다른 가수와의 콜라보레이션이 없어도 당당히 빌보드 차트에 오를 수 있는 가수.

탑보이즈 스스로의 힘으로 새로운 기록을 깨고 싶었으니까.

그리고.

"케이크 다 먹고, 힘내서 연습 가자아!"

"시상식 준비하러 가자!"

그걸 증명할 기회가 다가오고 있었다.

*　　　　*　　　　*

연말이면 공식적으로 돌아오는 행사들이 있다.

가요 대상, 연기 대상, 그리고 연예 대상까지.

별들의 축제라고 불리는 시상식들이 줄줄이 찾아오기 때문이다.

"후아."

올해도 어김없이 시상식 시즌이 돌아왔다. 상준은 양복을 갖춰 입은 채 거울을 똑바로 응시했다. 중요한 자리라 그런지 평상시보다 메이크업이 만족스러웠다. 헤어와 코디도 그렇고.

"형, 이쪽으로 와봐. 아니, 상준이 형 어디 갔어."

"왜, 무슨 일인데."

상준은 아까부터 비 맞은 생쥐처럼 정신없이 돌아다니는 도영을 보고선 인상을 찌푸렸다. 사실 상준은 이미 상당히 긴장을 하고 있는 상태였다.

'이번에도 진행 맡아줘. 알지?'

작년에 상큼한 걸 그룹을 탄생시킨 데에 이어서 또다른 흑역사를 만들고 싶지는 않았다. 처음에는 반대할까 생각도 해봤지만 결국 진행을 맡게 되었다.

"아직도 대본 보고 있어?"

"떨려 죽겠다."

"무대가 더 떨리지 않아?"

"비슷해, 둘 다."

그래도 뮤직월드 MC를 몇 개월이나 맡았었으니 잘하지 않을까. 상준은 그렇게 스스로를 합리화하며 대본을 집어넣었다.

"그래서 뭔데?"

아까부터 왜 그렇게 흥분하고 있었나 했더니…….

상준은 한데 모여 있는 멤버들을 보고는 머리를 짚었다.

"우리 들어갈 때 포즈 장난 아니게 잡아야 해. 이게 기선 제압인 거야."

레드카펫에 들어갈 때 간단한 인터뷰와 함께 포즈를 취하기로 계획한 모양이었다. 도영은 진지한 얼굴로 포즈의 중요성을 연설했다.

"형이 예전에 인간 피라미드 했댔어."

"차은수가?"

"어. 블랙빈 작년에 인기 좋았잖아."

그러고 보니 오르비스도 뭔가 준비한다고 듣긴 했다.

드림스트릿의 태헌도 그랬다.

"무슨 별 모양에 하트까지 난리가 났던데…….."

"맞다니까. 우리 밀리면 안 돼. 좀 신박한 거 없어? 아, 나 이런 거에 진심이야."

도영은 속사포로 말을 쏟아내며 멤버들을 돌아보았다.

"아, 이런 건 또 열심히 해야지."

"맞다."

유감스럽게도 다섯 모두 이런 쪽에 승부욕이 있었다.

조용한 대기실 안으로 미묘한 기운이 불타올랐다.

"농구 코트 어때?"

"한 명이 덩크슛으로 제현이 머리를 때리는 거야."

"…나를?"

"기각."

몇몇 쓸데없는 의견들이 오고 가고.

"아, 진짜 빨리 정해야 돼. 연습해야 한다고."

"으으음. 이건 어때?"

"정상적인 거 맞지?"

한참 동안 발을 굴린 후에 그나마 쓸 만한 의견이 나왔다. 선우가 턱을 쓸어내리며 내건 아이디어는 젠가였다.

"우리가 단체로 쌓여 있고. 상준이가 가운데 사람을 빼는 거 어때?"

"젠가를 직접 우리가 표현한다고?"

"오… 까리하네."

대체 뭐가 까리한 걸까.

도영은 마음에 들었는지 생글거리며 격하게 고개를 끄덕였다.

"연습할 시간은?"

"아, 일단 쌓아봐."

"아아아악!"

그렇게 불쌍한 제현이 일단 아래에 깔리고, 맏형인 상준은 흐뭇하게 그 모습을 지켜보고 서 있었다.

"내가 이따가 올라가서 한 명을 밀면 되는 거지?"

"예아."

"확실하게 밀어. 쏙 빠지게!"

상준은 결연한 표정으로 고개를 끄덕였다.

"아악. 아아악……."

"어때?"

"삭신이 쑤시긴 한데… 일단 성공할 거 같아."

정말 쓸데없는 열의가 불타오르고 있었다.

도영은 만족스러운 얼굴로 손뼉을 치며 카메라를 들었다.

"팬들한테 살짝 스포 좀 해주자."

"아, 진짜 자세히 알려주면 안 되는 거 알지? 젠가의 젠 자도 꺼내지 마."

"멋있는 거를 한다, 이 정도. 오케이?"

딸깍.

유이앱 실시간 방송을 켜자마자 팬들이 물밀듯이 들어왔다.

시상식을 앞두고 있는 상황이다. 작년에는 덜덜 떨면서 상황을 전달하기에 바빴는데 올해는 제법 여유도 찾았다.

"안녕하세요!"

—와아아아아아

—시상식 준비 잘하고 있었어?

—꺄아아 얼마 만에 얼굴 보는 거야? ㅠㅠㅠㅠ

"저희 어제도 방송했는데……."

—그만큼 멀게 느껴졌다는 소리잖아!!!

—차도영 눈치 챙겨!

—ㅋㅋㅋㅋㅋㅋㅋㅋㅋㅋㅋㅋ

—팬들이 단체로 도영이 몰이 하네

"…너무해."

도영은 고개를 푹 숙인 채 투덜거렸다. 잠시 뒤로 물러선 도영을 대신해서 유찬이 의미심장한 말을 던졌다.

"저희 이따가 인터뷰 나갈 거거든요."

"크, 레드카펫."

"저희가 또 레드카펫 한번 밟아줘야죠. 멋있게."

"오늘 의상 어때요?"

─조아요오오오오옹

─와 레드카펫 인터뷰하는 거야?

─공약 머야야야야

공약은……

이미 정해두었다.

상준은 이상한 공약을 단체로 내걸었던 멤버들의 눈치를 살피며 조심스레 입을 열었다.

"그건 이따 저희가 소개할게요."

"맞습니다."

"저희가 좀 신비주의라서."

선우는 고개를 끄덕이며 기분 좋게 웃었다.

이제 남은 건 하나다. 이번 포즈에 대해 짧은 스포를 팬들에게 건네는 것.

"저희가 레드카펫에서 재밌는 거 할 테니까, 많이 기대해 주세요."

"맞아요, 아까 그, 뭐랬더라. 젠… 켁!"

저도 모르게 흥분해서 앞으로 튀어나온 도영은 유찬의 손날에 곧바로 응징됐다.

—?????????
—방금 뭐였어?
—젠 꾸엑이었는데 ㅋㅋㅋㅋㅋㅋㅋㅋㅋ
—젠이 뭐지?

다행히 팬들은 전혀 눈치채지 못한 거 같았다.
'아, 망할 차도영.'
물에 빠뜨려도 입만 동동 떠다닐 녀석 같으니라고.
상준은 도영을 향해 혀를 내두르며 빠르게 유이앱을 마무리했다.
"그러면 이따가 만나요!"
상준의 우렁찬 목소리와 함께 깜짝 유이앱이 끝이 났다.

*   *   *

찰칵.
수많은 기자들이 모여든 AGA 뮤직 어워드.
화려한 스포트라이트와 함께 정장을 입은 탑보이즈 멤버들이 들어섰다.
"꺄아아아아!"
사방에서 들려오는 셔터 소리에 정신이 나갈 지경이지만, 막상 포토 존 앞에 서니 침착해지는 멤버들이었다.

리더 선우가 가장 먼저 마이크를 들었다.

"DREAM THE TOP!"

"안녕하세요, 탑보이즈입니다! 잘 부탁드립니다!"

곧바로 기자들의 질문이 쏟아졌다. 이번 연도 앨범의 성적이 줄줄이 좋았던 터라 탑보이즈는 여러 시상 부문에 후보로 이름이 올라 있었다.

이러다가 3관왕, 5관왕까지 노려볼 수 있지 않겠냐고 관심이 쏠리고 있었다.

"목표가 어떻게 되세요?"

몰려든 인파 속에서 확실하게 들려온 질문에 상준은 웃으며 대답했다.

"트로피를 안고 돌아가고 싶습니다!"

"와아악! 그렇습니다!"

도영이 두 팔을 흔들며 효과음을 넣었다. 선우는 능숙하게 마이크를 건네받으며 공약을 짧게 소개했다. 몇 주 전 아무 생각 없이 뱉어버렸던 공약들이었다.

"저희가 3관왕을 수상하게 된다면."

"두구두구두구."

"일단 도영이는 문워크로 나간대요. 야, 벌써 보여주지 말고."

"아, 오케이."

그다음 까마귀에 빙의할 유찬에, 애교를 부릴 제현. 그런 제현을 들고 나가는 리더. 마지막으로.

"상준 씨는 앞구르기를 한다고 합니다."

"네, 제가 잘 굴러서요."

다들 이미 시상식의 분위기에 취해 흥에 겨워 있었다.

찰칵.

뒤에서 셔터 소리가 다시 커지기 시작했다. 다음 팀이 오기 전에 빠르게 포즈를 취하고 나가야 한다. 도영은 마이크를 붙들고 다급한 목소리로 말했다.

"보여 드릴 거 있어요."

"자, 빨리 모여봐."

어느 때보다 민첩하게 움직이는 탑보이즈.

"아아아악!"

잠시 뒤, 레드카펫 위로 곡소리가 울려 퍼졌다.

*　　　　*　　　　*

'젠가 하기로 한 거지?'

탑보이즈 사전에 농담이란 없었다. 젠가 퍼포먼스를 보여주겠다는 것도 전부 진심이었다.

"저게 뭐야?"

열심히 오늘의 의상을 찍어 올리려던 기자들은 뜻밖의 기행에 두 눈을 크게 떴다. 간단히 포즈를 취하려는 줄 알았건만 아주 본격적이다.

"아, 형 무거워어억……."

가장 아래에 깔린 제현은 두 팔을 버둥대며 곡소리를 내고 있었고, 멤버들이 삼각김밥처럼 쌓여 올라가고 있었다.

"이… 이게 뭔데요?"

뒤편에 서 있던 송준회 매니저는 스태프의 질문에 작게 대답했다.

"젠가래요."

"아……."

설명이 필요한 개그는 실패한 개그다.

다들 이 난해한 퍼포먼스 앞에서 고개를 갸우뚱해 보이고 있었다.

그때, 힘겹게 자세를 유지하고 있는 멤버들을 지켜보고 있던 상준이 두 눈을 반짝였다.

'가운데를 밀어서 쏙 빼면 돼.'

'젠가처럼?'

'맞지. 할 수 있겠지?'

물론 가능하다.

「운동 신경의 천재」. 상준은 신속하게 완벽한 퍼포먼스를 보여주기 위해 재능을 준비했다.

그리고.

우렁찬 기합 소리와 함께 상준은 앞으로 달려 나갔다.

"간다아아!"

하지만.

상준이 간과한 사실이 한 가지 있었다. 아무리 재능이 완벽하다고 해도 재능으로 이뤄낼 수 없는 일들이 있다는 것을. 그중 하나가 바로…….

중력의 법칙이었다.

우당탕탕.

"꾸에엑!"

"아아아악!"

가운데에 있던 유찬을 밀자마자 단체로 떨어졌다.

"아, 내 머리!"

때문에 걷어차인 제현은 중얼거리며 앞으로 엎어졌고, 데굴데굴 굴러간 것은 다른 멤버들도 마찬가지였다.

"와, 저게 뭐지."

그걸 지켜보며 스태프들은 다른 생각을 하고 있었다.

"아, 혹시 그거 아니야?"

"뭐?"

"만화영화에 나오는 기술 있잖아."

"…어? 맞는 거 같은데."

몸통 박치기.

대략 기술로 표현하면 저런 느낌이지 않을까.

[상준이 '몸통 박치기'를 시도했다. 탑보이즈의 정신력이 −5 되었다.]

탑보이즈가 전혀 의도한 바는 아니었지만, 자리에 있던 이들은 멋대로 판단하고 있었다. 이미 기자들은 헤드라인을 빠르게 뽑아내고 있었다.

「포켓몬 포즈를 선보인 시상식의 신인, 탑보이즈」

"저런."

그게 젠가임을 유일하게 알고 있는 송준희 매니저는 나직이 한숨을 내쉬었다.

"아니……."

사람이 쌓여 있는데 가운데 사람을 밀면…….

"당연히 다 떨어지지 않을까?"

아아악.

기껏 해준 코디를 열심히 말아먹고 포토 존을 탈출한 탑보이즈가 투덜대며 돌아왔다.

"아, 젠가 포즈 너무 어렵잖아."

"나름 잘 버티고 있었거든? 형이 가운데 쏙 못 빼서 그래. 아, 거의 다 했는데."

"아니, 내가 뺄 테니까 버티고 있었어야지."

상준은 어이가 없다는 듯이 도영의 말을 받아쳤다.

"뭔 소리야. 형, 젠가 할 때 나무토막이 버티는 거 봤어? 아, 저 절대 안 떨어지니까 맘껏 미세요 하든?"

"젠가 할 때 나무는 너처럼 안 생겼어!"

"이건 또 무슨 소리야. 내가 나무보다 잘생겼거든?"

대체…….

탑보이즈를 물끄러미 지켜보고 있던 송준희 매니저는 저도 모르게 작게 중얼거렸다.

"혹시 바보들인가……?"

*　　　　*　　　　*

본격적으로 시상식의 분위기가 무르익었을 즈음.

"와아아악!"

상준은 진행을 위해 팬들이 가득한 야외 스튜디오 위에 섰다. 수많은 아티스트의 팬들이 모여 있는 현장답게 그 열기가 뜨겁게 전해져 오고 있었다.

그리고, 상준의 기억이 맞다면.

그때와 상황이 너무도 비슷했다.

"네, AGA 뮤직 어워드! 아티스트들의 무대가 이어지고 있는 이곳에서 진행을 맡게 된 블랙빈 차은수."

"탑보이즈의 나상준입니다!"

이쯤 되면 일부러 주최 측에서 노린 게 분명했다. 하필이면 진행도 그때처럼 은수와 맡았다. 상준은 침을 삼키며 능숙하게 진행을 이어가는 은수를 바라보았다.

"떨리시죠?"

"아, 저요?"

그런 상준의 마음을 읽었는지 은수가 긴장을 풀기 위해 상준에게 말을 던졌다.

"안 떠… 떨려요."

"왜 말을 더듬으세요."

대본에도 없는 내용을 갑자기 물으니까 그렇다. 상준은 식은 땀을 흘리며 은수의 다음 멘트를 기다렸다.

"예전에 저랑 같이 진행 처음 하셨을 때, 아주 커다란 실수를 하셨다고요."

"아, 저 덕분에 한 그룹의 이미지가 바뀌었죠."

"네, 상큼한 걸 그룹이라고."

"아주 역사적인 순간이었다고 생각합니다."

다행히도 이 건은 지난 1년 내내 고통받은 부분이라 쉽게 넘길 수 있었다. 상준은 숨을 고르고선 마이크를 꽉 붙들었다.

"하지만, 지금의 저는 아주 진행을 잘합니다."

"아, 그러세요?"

"그때는 확실히 제가 좀 그랬는데… 이제는 짬밥이 있거든요."

뮤직월드의 MC로 몇 개월을 일했다. 상준은 자신만만한 얼굴로 카메라를 똑바로 응시했다. 은수는 웃음을 터뜨리며 상준에게 말을 던졌다.

"그런데 짬밥이 있으신 분이… 레드카펫에서 무슨 짓을 하신 거예요?"

"그……."

실검까지 떴단다. 괜히 진행하다가 충격받으면 안 된다면서 관련 사진을 보여주진 않았지만 분명 난장판이 되었을 게 분명했다.

"젠가를 만들었는데……."

"…젠가였어요?"

"네, 그런데요."

은수는 자신이 알고 있는 정보랑 달라서 잠시 당황했지만, 이내 곧바로 수습했다. 바로 다음 무대를 소개할 차례였기 때문이었다.

"네, 그러면 상준 씨. 이번에는 확실하게 무대를 소개해 주세요."

"물론이죠."

상준은 대본을 내려다보며 놀라는 연기를 했다.

"헉."

"왜죠?"

이제는 과장된 연기도 제법 자연스럽게 한다. 상준은 눈웃음을 지으며 다음 그룹을 소개했다.

"익숙한 그룹명이 보여서요."

"과연……!"

이해강이 있는 오르비스의 무대가 준비되어 있다.

이번에는 상큼한 걸 그룹이 아니라 제대로 된 수식어로 소개해야 한다.

그러니까…….

"이해강의 오르비스 무대 시작합니다!"

와아아악!

"…네?"

뒤늦게 말뜻을 이해한 은수가 두 눈을 끔뻑였지만, 그걸 눈치챌 새도 없이 카메라가 빠르게 옆으로 돌아갔다.

정확히 5초 뒤.

털썩.

자신의 실수를 깨달아 버린 상준은 그대로 바닥에 주저앉았다.

'또 망했네.'

                    *   *   *

"아아아악!"

상준은 대기실에 들어서자마자 두 발을 동동거리며 뛰어 들어왔다.

"형, 이쯤 되면 해강이 형이랑 전생에 원수였지."

막대 사탕을 우물거리던 제현은 딱하다는 얼굴로 말을 뱉었다.

"그러게. 미쳤나 보네."

오르비스의 무대를 소개했어야 했는데. 갑자기 작년의 기억이 떠오르는 바람에 자동으로 해강이 연상이 되어버렸다.

"이해강의 오르비스는 뭐야."

"크, 리더 존재감 확실히 심어줬네."

"우리는 뭐야. 나상준의 탑보이즈?"

"…제발."

너무 자연스럽게 내뱉어서 순간 몰랐다는 팬들이 쏟아지고 있었다. 상준을 위로해 주려 꺼낸 말 같았지만 그다지 위로가 되지는 않았다.

─와 너무 자연스러워서 이해강 솔로 그룹인 줄 ㅋㅋㅋㅋㅋㅋ
  ㄴ이해강이랑 화해했다더니만 너무 친해진 거 아니야?
  ㄴ히익 공중파에서 대놓고 밀어주네요
  ㄴ이해강 PPL이네
  ㄴPPL 머임 ㅋㅋㅋㅋㅋㅋㅋㅋㅋㅋㅋㅋ
  ㄴ아니 왜 사람을 PPL로 쓰세요 ㅋㅋㅋㅋㅋㅋㅋ

—지금쯤 오르비스의 표정은?

ㄴ아 ㅋㅋㅋㅋㅋㅋㅋㅋㅋㅋ 그래도 확실히 홍보해 주자너 ㅋㅋㅋ

ㄴ너무 이상한 방향으로 홍보해 주니까 문제지

ㄴ근데 탑보이즈 팬들이랑 오르비스 팬들 싸우다가 정들었다던데 ㅋㅋㅋㅋㅋ

ㄴ소속사보다 상준이가 마케팅 잘하네

ㄴ사람들이 오르비스 노래는 몰라도 상큼한 걸 그룹은 알았는데…… 이제는 오르비스는 몰라도 이해강은 알겠네

ㄴ해강아 너 계 탔다아아

ㄴ계 탔다아아악!!!

하지만, 마냥 부끄러워하고 있을 수만은 없었다.

*　　　　　*　　　　　*

"탑보이즈! 탑보이즈! 탑보이즈!"

그 와중에도 정신없이 탑보이즈의 무대를 끝내고, 블랙빈의 무대도 빠짐없이 지켜보고 왔다.

"허억… 헉."

상준은 정신이 하나도 없는 머리를 손으로 짚으며 한숨을 내쉬었다.

드디어 AGA 뮤직 어워드의 꽃, 시상식 시간이 찾아왔기 때문이었다.

"괜찮아?"

"저기 이해강 보이지? 아까부터 나 노려보고 있어."

"⋯힘내."

상준은 건너편에 앉은 해강의 시선을 피해 고개를 숙였다.

그때였다. 사회자가 우렁찬 목소리로 시상식의 시작을 열었다.

"네, 먼저 첫 번째 부문. TOP 10 네티즌 인기상 부문 수상자를 발표하겠습니다."

"두구두구두구."

"유플라이, 오르비스, 드림스트릿, 위아영, 탑보이즈⋯⋯."

"어?"

도영은 놀란 얼굴로 벌떡 자리에서 일어섰다.

트로피를 안고 돌아가겠다던 멤버들의 바람은 이루어졌다.

네티즌들의 투표로 결정된 네티즌 인기상.

실제로 팬덤의 규모가 큰 탑보이즈가 이 상을 탈 거라는 예측이 있었지만.

'얼떨떨하네.'

멤버들 모두 마이크를 붙들고 감사 인사를 하느라 바빴다.

하지만, 더욱더 충격적인 것은 다음 발표였다.

솔로 퍼포먼스상 남녀 부문이 빠르게 호명되고, 보컬리스트상까지 호명되었을 때. 상준은 익숙한 이름을 들을 수 있었다.

"수정입니다!"

"와, 대박이다. 싱글앨범 하나로⋯⋯."

그만큼 「REVERSE」의 인기가 엄청났다는 방증이었다. 그와 별개로 올해 솔로 보컬 시장이 많이 침체된 상태였던 것도 사실이지만.

"너무 좋은 곡 선물해 주서서 감사합니다!"

"멋지다아아!"

"나상준 작곡가님, 크으, 기분이 어떠세요."

상준은 옆에서 달라붙는 도영을 밀쳐내고는 흐뭇한 미소를 지었다. 그 외에도 기분 좋은 소식은 이어졌다.

"여자 신인상 마이데이! 축하드립니다!"

"와아아악!"

"와, 신인상 대박이다."

마이데이는 마침내 신인상을 타고선 울먹이고 있었다. 작년의 탑보이즈의 모습을 보는 기분이었다. 그때 블랙빈도 이런 기분이었을까. 상준은 마치 자신이 키워낸 자식들을 보는 듯한 묘한 기분이 들었다.

그때였다.

"글로벌 아티스트상 수상하도록 하겠습니다."

사회자의 시선이 다시 이쪽으로 향했다.

"탑보이즈입니다! 축하드립니다!"

"또… 우리야?"

선우는 멍한 눈으로 자리에서 일어섰다. 네티즌 인기상에 이어 또 호명된 탑보이즈의 이름. 하지만, 거기서 끊이지 않았다.

"보이 그룹 퍼포먼스상 수상자는… 탑보이즈입니다!"

"박수로 맞이해 주세요!"

와.

사방에서 울려 퍼지는 박수 소리와 팬들의 함성 소리.

상준은 선배들이 말했던 시상식의 즐거움을 이제야 알 거 같았다.

"올해의 베스트 송은 탑보이즈, 엠마 캐머런의 에피소드! 진심으로 축하드립니다!"

이곳은 축제였다.

탑보이즈를 위한 축제라고 불려도 될 정도로.

"와, 이거 꿈 아니지……?"

선우는 덜덜 떨리는 손으로 미소 지었다.

지금 이게 아름다운 환상이라면. 그래서 깨기 싫은 꿈의 한 장면 속이라면.

하지만 아직 이 꿈은 끝나지 않았다.

탑보이즈가 가장 받고 싶어 했던 상.

AGA 뮤직 어워드의 꽃이자, 대상으로 불리는.

"올해의 아티스트상, 발표하도록 하겠습니다."

두근.

빠르게 뛰는 심장 소리에 숨을 죽이고 있었을 때.

"……"

사회자의 입에서 믿기지 않는 한마디가 울려 퍼졌다.

"올해의 아티스트는……."

"두구두구두구. 누구죠?"

"……!"

"탑보이즈입니다! 축하드립니다!"

와아아악.

그와 동시에 함성 소리가 상준의 귀를 찢었다.

올해의 아티스트상.

AGA 어워드의 대상 중 하나로 꼽히는 이 상을 받게 될 줄은 꿈에도 몰랐다. 선우는 떨리는 손으로 마이크를 손에 쥐었다.

그래도 이번에는 울지 않았다.

"감사합니다… 열심히 하겠습니다."

아, 아닌가.

상준은 선우의 눈시울이 붉어진 것을 확인했다. 아무래도 더 말을 시키면 울 것 같다. 유찬은 그런 선우를 바라보며 피식 웃었다. 그나마 차분한 유찬이 담담한 목소리로 입을 열었다.

"사실 작년에 이 자리에서 신인상을 받았을 때만 해도……."

건조한 목소리로 말을 시작했던 유찬의 목소리가 미세하게 흔들렸다. 본인도 살짝 울컥한 모양인지 잠시 당황하던 유찬은 다시 침착하게 말을 이었다.

"신인상을 받았을 때는 마냥 두려웠거든요. 내년에도 이 자리에 있을 수 있을까."

"꺄아아아!"

"있어줘서 고마워!"

유찬은 흐뭇한 미소를 지으며 팬들을 향해 손을 흔들었다.

"있게 해주셔서 감사합니다."

"좋은 상, 정말 감사합니다."

제현 역시 우물쭈물하면서도 마이크를 꼭 쥐었다.

"팬분들 많이 사랑해요!"

"꺄아아아!"

"어떡해……! 말주변 없어서 당황한 거 같은데."

"세상에나."

팬들은 어쩔 줄 모르겠다는 듯이 탄성을 뱉었다.

제현은 두 눈을 끔뻑이며 잠시 고민하다가 다시 한번 같은 말을 던졌다.

"진짜 사랑해요!"

"와아아아악!"

이제 상준의 차례다.

상준은 제현의 마이크를 받아 들고서는 짧게 말을 더했다.

"항상 저희를 믿어주시는 수많은 분들. 그리고… 이제는 일어나서 이 무대를 봐주고 있을 상운아, 고맙고."

"……."

사정을 알고 있는 멤버들의 두 눈에 미묘한 빛이 스쳤다. 상준이 어떤 마음으로 저 말을 꺼내는지 알았으니까.

작년에 신인상을 받으며 이 자리에 섰을 때.

상준이 진심으로 바라던 바가 있었다. 비록 깨어나지 못했더라도 자신이 상을 받는 모습을 보며 웃어주기를.

그런데, 올해는 그게 현실이 되었다.

'그래도 상 받는 거 한 번쯤은 보여주네.'

상준은 트로피를 돌아보며 흐릿한 미소를 지었다.

아마 지금쯤 병실에서 TV로 열심히 이 장면을 보고 있을 터였다.

"마지막으로."

상준의 목소리가 살짝 떨렸다.

저 트로피를 손에 쥘 수 있게 도와준 이들.

"온탑분들 항상 감사합니다."

"꺄아아아아!"

"열심히 하겠습니다!"

네티즌 인기상, 글로벌 아티스트상, 보이 그룹 퍼포먼스상. 그리고 대상인 올해의 베스트 송, 올해의 아티스트상까지.

무려 5관왕이다.

혹시 5관왕도 노려볼 수 있지 않을까. 다들 말은 던졌지만, 그 말이 정말 현실이 될 거라 생각했던 사람은 거의 없었다.

'뿌듯하네.'

저 멀리서 탑보이즈를 지켜보고 있는 송준희 매니저의 눈빛에서 많은 뜻을 읽을 수 있었다. 가장 마지막으로 마이크를 건네받은 도영은 상기된 목소리로 입을 열었다.

"이렇게 상 주셔서 정말 감사하고요… 저희가 사실 공약이 있었거든요."

"……!"

트로피를 손에 쥔 채 울먹이던 도영은 이 와중에도 공약을 기억해 냈다.

"아."

그와 동시에 멤버들의 안색이 사색이 되었다.

굳이 이 얘기를 여기서 꺼내다니.

상준은 진심으로 도영을 이 자리에서 끌고 나가고 싶어졌다.

'차라리 밖에서 하라고!'

저 레드카펫에서 하는 게 훨씬 더 나았을 거 같은데.

"와아아악!"

"공약 보여주세요!"

"앞구르기다아!"

이미 망했다. 엎지른 물은 돌이킬 수 없었다.

도영은 마이크를 제현에게 내려놓으며 엄지손가락을 치켜들었다.

"온탑 사랑해요오!"

"도영아, 나도 사랑해!!"

"차도영!"

"꺄아아아아!"

도영은 임팩트 있는 한마디와 함께…….

스으윽. 스윽.

"와아아악!"

"잘한다! 잘한다!"

정말 문워크를 하면서 퇴장했다.

'…망할.'

남은 멤버들은 마른침을 삼키며 눈치를 살폈다. 도영 다음으로 포부 있게 빠져나간 것은 유찬이었다.

펄럭펄럭.

"꺄아악… 까악."

오늘 대상을 받아서 너무 기분이 좋아요.

유찬은 그 마음을 담아 신나게 까악거리며 시상식 무대를 빠져나갔다.

"아, 미쳤나 봐. 진짜."

"겁나 웃겨. 돌아버리겠네."

태헌은 배를 잡고 웃으며 다른 멤버들의 공약을 기다렸다. 저 둘이 괴상한 모습으로 나갔으니 나머지 멤버들도 만만치 않으리라는 기대감이 들었다.

오르비스의 분위기도 마찬가지로 들떠 있었다. 해강은 옆자리 멤버의 어깨를 툭 치며 상기된 목소리로 말을 뱉었다.

"나상준 뭐 할 거 같아?"

"글쎄. 나는 저 친구 잘 몰라서. 어, 저기 이제현 뭐 한다."

"어?"

해강은 두 눈을 반짝이며 이제현을 똑바로 응시했다. 갑자기 마이크를 잡은 제현은 우물쭈물하고 있었다.

"제 공약이 사실⋯⋯."

유감스럽게도 해강은 제현의 공약 내용을 전혀 모르고 있었다.

공약을 기억한 몇몇 팬들 사이에서 웃음이 터져 나왔다.

"아, 미쳤나 봐. 이제현, 정말 할 생각인 거 같은데."

물론 정말 한다.

제현은 숨을 고르고선 당당한 목소리로 크게 외쳤다.

"아⋯ 상큼한 오르비스의 이해강 씨!"

"꺄아아아!"

"⋯나는 왜?"

해강은 두 눈을 동그랗게 뜨며 자신을 손으로 가리켰다. 갑자기 대상 수상자에게 지목당하다니. 말 그대로 벼락이라도 맞은 기분이었다.

"진짜 나는 왜?"

기존에 친하던 상준이면 몰라도 제현과는 거의 말도 섞은 적
없는 사이였다.

　사실상 초면이나 다름없는데.

　"밥… 사주떼……."

　"……."

　"이게 무슨 상황이야?"

　꿋꿋이 끝까지 한다.

　옆에서 그 장면을 지켜보고 있던 상준은 자신의 눈을 가렸다.

　차마 저 말을 듣고 있는 해강의 표정을 볼 수 없어서였다.

　"밥 사주떼여."

　"…화나네."

　부들.

　반사적으로 욕이 튀어나올 뻔했다. 카메라만 없었더라면 진작
에 욕을 했을지도. 유감스럽게도 표정 관리에는 실패했다.

　일그러진 해강의 표정에 제현은 주먹을 쥔 채 힘겹게 말을 뱉
어냈다.

　"쳇. 싫으면 마세요……!"

　망할.

　해강은 뜻밖의 공격에 충격받은 얼굴로 한참을 앉아 있었다.

　그걸 지켜보고 있던 선우는 침이 자꾸만 말랐다.

　'안 되겠다.'

　"그게 아니라면은……."

　"……."

　"혹시 참치김치보끔밥… 좋아하……."

"제현아, 가자!"

차마 막내의 흑역사를 보고만 있을 수 없던 선우는 그대로 제현을 들고 뛰어나갔다.

"으아아악!"

"도망가!"

"저… 저건 뭐야?"

쌩—.

순식간에 사라지는 제현을 보며 시상식장은 웃음바다가 되어 버렸다. 사건의 전말을 눈치챈 팬들뿐만 아니라, 시상식에 앉아 있던 선배들도 웃느라 정신이 없었다.

"거의 견인 트럭 수준인데?"

"갑자기 사라져 버렸는데."

죽을 거 같다.

하필이면 동생들이 한바탕 토네이도를 휩쓸어 버린 탓에 부담이 한층 더 커졌다. 정말 자신만 남은 무대 위를 천천히 훑던 상준은 애써 자신감을 불어넣었다.

사실.

언젠가 꼭 한 번 쓰게 되지 않을까 하고 리스트에 올려두었던 재능이 있었다.

「앞구르기의 모든 것」.

이제는 쓸 때가 온 거 같다.

"쓰읍. 후하."

완벽히 숨을 고른 상준은 그대로 재능을 사용했다.

"퇴근하겠습니다악!"

데구르르.

한 치의 오차도 없는 깔끔한 앞구르기로, 상준은 누구보다 빠른 퇴장을 끝냈다.

*　　　　*　　　　*

―쇠똥구리인 줄 알았음 ㅋㅋㅋㅋㅋㅋ

└나는 개똥벌레~ 오늘도 구르네~

└아 ㅋㅋㅋㅋㅋㅋㅋㅋ

└움짤 봤음? 너무 잘 굴러서 엄마가 저거 보고 앞구르기 선수냐고 함

└앞구르기 국가대표임

└아 미쳤냐고 ㅋㅋㅋㅋㅋㅋ

└퇴근하겠습니다아악

―이제현 애교 하다가 정색하고 나가는 거 개웃기네 ㅋㅋㅋ

└막둥이 하란다고 하긴 하는 게 킬포임

└이해강은 무슨 죄인데 ㅋㅋㅋㅋ 탑보이즈는 상이라도 받았지… 가만히 있던 해강이는…….

└제현이 애교 1열에서 관람했네 좋겠다 팬들한테도 잘 안 보여주는 고급 애교

└좋은 게 아니라 한 대 치고 싶었을 듯

└심지어 둘이 거의 초면이라고 함 ㅋㅋㅋㅋㅋㅋ

└진짜?

└이해강이 인터뷰에서 그렇게 말하던데 미친 새끼 줄 알았다고

ㄴ아 ㅋㅋㅋㅋㅋㅋ

—아니, 왜 제현이 들고 뛰는 선우는 아무도 언급 안 해조요

ㄴ나는 선우가 그렇게 힘이 셀 줄은…….

ㄴ자, 여기서 질문! 굴러서 나간 상준이가 더 빨랐을까, 제현이
들고 뛴 선우가 더 빨랐을까?

ㄴ날아서 간 유찬이가 젤 빨랐어요

ㄴ아니, 어째 정상으로 나간 놈이 하나도 없네

"후……."

역시 공약에는 후회가 따른다. 상준은 탑보이즈의 이름이 실
시간검색어 1위에 올라 있는 것을 보고 깊은 한숨을 내쉬었다.

물론 그건 제현도 마찬가지였다.

"참치김치볶음밥이 먹고 싶었구나, 제현아."

"내 눈앞에 참치 통조림이라도 가져다놓으면 다 부술 거야."

"김치는?"

"김치로 형 후려칠 거야."

무서워라.

애당초 메뉴 선정도 도영의 언질이 있었던 모양이었다.

"볶음밥은……? 아, 알았어. 안 물을게."

살벌한 제현의 눈빛에 선우는 눈치를 살피며 고개를 숙였다.
역시 막내 온탑 아니랄까 봐 요새는 형들을 다 이겨먹는다.

상준은 그런 둘을 보고 정신없이 웃어대다가 유쾌하지 않은
내용을 확인하고선 이내 정색했다.

띠링.

명랑한 소리와 함께 문자가 왔기 때문이었다.

발신인은 다름 아닌 상운이었다.

"…이 자식이?"

형이 대상을 받아 왔다면 보낼 수 있는 문자의 종류는 여러 가지가 있다. 가령 형제간의 우애가 돋보이는, 축하한다라는 메시지라든가, 수고했다는 메시지라든가. 그것도 아니라면 방송 잘 봤다 정도?

그렇게 다양한 선택지가 있건만 상운의 선택지는 환상적이었다.

[나상준 시상식 움짤.gif]

문자 메시지를 열자마자 완벽하게 구르는 상준의 움짤이 눈에 들어왔다. 상준 스스로도 이 움짤을 직접 본 것은 처음이었지만……

"하."

그다지 유쾌한 광경은 아니었다.

'재능 효과 한번 확실하네.'

왜 팬들이 앞구르기 선수라며 놀렸는지 깨달았다.

너무 완벽하게 굴렀다. 한 치의 오차도 없는 수준으로.

팬들 사이에서는 야자 타임의 여파라고도 했다. 그때 너무 열심히 굴러서 머리가 어떻게 된 거 아니냐는 얘기였다.

─잘 구르긴 겁나 잘 구르더라…….

  ㄴ내가 봤을 때는 집에서 연습한 거라니깐

ㄴ집에서 그걸 왜 연습해 ㅋㅋㅋㅋㅋㅋㅋㅋ

ㄴ나중에 구를 일이 생길 수도 있으니깐!

ㄴ어이가 없네 ㅋㅋㅋ 그걸 왜 생각해

유감스럽게도.

생각한 게 맞다.

"하."

집에서 연습하진 않았지만 구를 일이 있음을 염두에 두었다.

상준은 갑자기 귀가 화끈하게 달아오르는 것을 느꼈다.

"…이걸 놀려?"

참으로 상큼한 동생이다.

상준은 부들거리며 짧게 답장을 보냈다.

[아마 다음 주부터 데이터 안 될 거야]

[??]

의미심장한 상준의 한마디에 곧바로 답장이 돌아왔다. 물음표
를 보내놓고도 상준이 대답이 없자 한마디가 더 이어졌다.

[왜?]

[요금제 끊었어]

[…아 형]

휴대전화를 아예 끊어버려야 저런 걸 안 보내지.

불안함을 눈치챘는지 속사포로 메시지가 쏟아진다.

[아 잘못했어요]
[아 제발]
[형]
[형???]
[착하게 살게;;]

싹싹 비는 상운을 휴대전화 너머로 지켜보며.
"하, 망할 움짤."
와그작.
상준은 팝콘 과자를 한입에 밀어 넣었다.

*   *   *

축제 분위기 속 연말은 빠르게 흘러갔다. 하지만, 시상식은 아직 끝나지 않았다. 상준은 연기 대상 시상식의 한구석에서 긴장한 기색으로 앉아 있었다.
"후, 떨려 죽겠네."
"누가 보면 상 받으러 온 줄 알겠어요."
그런 상준을 물끄러미 바라보고 있던 하운이 웃으며 다가왔다. 생각해 보니 떨어야 할 사람은 자신이 아니라 이 녀석이었다.
"가요 무대보다 여기가 더 떨리는 거 같아."
"가요 무대보다요?"

상준은 고개를 끄덕이며 피식 웃었다. 가요 무대에서 공연을 펼칠 때도 이 정도는 아니었는데… 막상 내로라하는 배우들 앞에서 무대를 서려니 떨려 죽을 지경이었다.

사실 탑보이즈는 수상자 자격으로 이곳에 온 것은 아니었다. 초청받아 무대를 펼치고 수상 후보에 들어가 있는 하운을 응원하기 위해서였다.

케이블 위주로 작품 활동을 했던 상준과 달리 하운은 공중파 드라마도 몇 개 참여했었다. 처음에는 엑스트라나 조연으로, 최근에는 주연 자리까지. 탑보이즈도 바빴지만 하운의 스케줄도 만만치 않았다.

"너는 안 떨려?"

"저요……?"

하운은 자신을 손으로 가리키며 고개를 갸우뚱해 보였다. 상준이 알기로는 남우주연상 우수상 후보와 신인상 후보에 이름을 올리게 된 하운이었다.

하지만, 정작 하운은 침착해 보였다.

"글쎄요. 기대를 안 해서 그런가."

"에이, 될 거 같은데."

신인상은 충분히 가능성 있어 보였다. 하운이 최근에 참여한 드라마가 꽤 잘된 편에 속했고 거기서 주연 자리까지 맡았으니까.

"유력 후보구만."

"상에 큰 욕심 없어요. 그냥 이 자리에 온 것만으로도 감사해서."

"…그러면 우리가 뭐가 되냐."

쿨럭.

얘기를 듣고 있던 도영이 머리를 긁적이며 말을 던졌다.

"여기 유찬이는 가요 대전 상 못 받으면 울면서 간다고 했었는데."

다행히 받았으니 망정이지, 안 그랬으면 울면서 중도 퇴장 하는 유찬이를 봤을지도. 다섯 멤버가 모두 승부욕이 넘쳐흐르는 탑보이즈와는 달리 하운은 진심으로 욕심이 없어 보였다.

"진짜 솔직하게 기대가 없어요."

"그래도 멘트라도 생각해 놔."

상준은 흐뭇한 미소를 지으며 하운의 어깨를 툭툭 쳤다.

이제 정말 가봐야 했다.

"탑보이즈의 초청 공연, '기다려 줘' 시작합니다!"

사회자의 목소리와 함께.

빠르게 무대에 오른 탑보이즈의 퍼포먼스가 화려하게 펼쳐졌다.

*   *   *

"와아아아!"

시상식마다 분위기가 상이하게 다르다. 가요 대전은 가수들이 한데 모여 공연을 펼치는 축제 느낌이라 치면, 예능 쪽은 한 편의 개그 현장을 보는 것 같다. 시상식에서조차 개그맨들의 정신이 확실히 드러나는 편이었다.

그렇다면 연기 대상 시상식은······.

간혹 코믹적인 영상을 끌고와서 시청자들에게 웃음을 선사하긴 하지만 전반적으로 중후한 분위기임에는 틀림없다.

그런데.

"와아아아악!"

탑보이즈의 무대는 그 분위기를 확실한 열기로 바꿔놓기에 충분했다.

"미쳤는데?"

"왜 인기 있는지 알겠네. 노래 처음 듣는데 신나잖아."

"선배님, 이 노래를 처음 들으셨어요? 1위 찍고 난리 난 건데."

"나는 아직 에피소드밖에 몰라. 그래서 쟤네가 누구라고?"

"탑보이즈요, 선배님."

"얼굴은 진짜 많이 봤는데."

중견배우들은 감탄을 터뜨리며 옆에 앉은 배우들에게 무대를 본 소감을 떠들기에 바빴다. 상준은 무대 위에서 배우들의 반응을 보며 속으로 뿌듯한 마음을 느끼고 있었다.

*　　　　　*　　　　　*

"후……."

막상 올라설 때는 장난 아니게 떨렸는데 무대를 마치고 나니 긴장감 대신 졸음이 몰려온다. 최근에 각종 시상식들을 다니느라 무리해서일까.

"그다음으로 신인상 발표하겠습니다."

선우와 나란히 앉아서 졸 뻔했던 상준은 벌떡 고개를 들었다.

신인상이라니. 하운이 유력 후보라는 소식을 기억해 낸 상준의 두 눈이 반짝였다.

"남자 신인상 후보, 화면으로 보여 드리겠습니다."

"와아아아악!"

"김하운이다!"

팬들의 입에서 하운의 이름이 튀어나왔다. 처음에는 별생각 없다고 했던 하운의 눈빛에도 은근히 긴장감이 나타났다.

"받을 거 같지 않아?"

상준은 두 손을 모은 채 선우에게 말을 던졌다. 선우는 고개를 끄덕이며 그런 상준의 말에 답했다.

"솔직히 줄 만한 거 같은데. MBS에서는 이번에 처음 드라마 한 거 맞지?"

"그치. 근데 잘됐잖아."

두구두구두구.

사회자의 긴박감 넘치는 진행과 함께 상준은 침을 삼켰다.

그런데.

"신인상 수상자는……."

"스타트런의 최이삭 님, 축하드립니다!"

아.

하운과 함께 강력 후보로 불렸던 다른 배우가 신인상을 타고 말았다.

"……."

상준은 아쉬운 마음으로 고개를 떨궜다.

하운이 얼마나 열심히 이번 드라마를 준비했는지 알았기에.

하지만, 한편으로는 의구심도 들었다.

'하운이 드라마 시청률도 좋았는데.'

시청률과 연기력, 모든 면에서 하운이 앞선다고 생각했다.

MBS의 결정이지만 아쉬운 마음이 드는 건 어쩔 수 없었다.

"다음에 더 큰 상 받으면 되지."

상준은 하운이 앉아 있는 쪽을 돌아보며 작게 중얼거렸다.

유찬 역시 김이 빠졌는지 시무룩한 얼굴로 앉아 있었다.

"진짜 연기 잘했는데……."

배우 쪽 사람들은 잘 모르는 터라 더 이상 볼거리도 없었다. 대상이 누구인지에만 그나마 관심이 향했을 뿐.

별생각 없이 테이블 위의 케이크를 밀어 넣으며 대상을 기다리고 있을 때였다.

"남자 우수상 부문 수상자는……."

"종이도시의 김하운 님! 축하드립니다!"

…어?

상준은 익숙한 이름에 고개를 벌떡 들었다.

"뭐야."

"우수상……?"

신인상 외에 우수상 후보에도 하운이 올라 있었다. 하지만, 너무 큰 상이라 크게 기대를 안 하고 있을 뿐이었다. 가만히 자리에 앉아 있던 하운의 두 눈이 동그래졌다.

"제… 제가요?"

"와아아아악!"

팬들의 환호 소리가 뒤편에서 울려 퍼졌다. 상준 역시 얼떨떨한 표정으로 박수를 치기 시작했다.

"이야."

"대박이다, 진짜……."

인간 승리다. 엑스트라에 불과했던 미약한 존재감에서 우수상을 받을 수 있는 주연배우가 되기까지. 얼마나 힘들어했는지 그 발자취를 기억하는 상준으로서는 감격에 차는 순간이었다.

"김하운 씨, 나와주세요."

"네… 네!"

하운은 덜덜 떨리는 손으로 마이크를 쥐었다. 지금 상황이 믿기지 않는지 얼떨떨한 표정은 여전했다.

"진짜… 상 받을 줄 몰라서요."

하운의 손이 사시나무처럼 떨리고 있었다. 상준은 형용할 수 없는 감정으로 그런 하운을 바라보았다.

신인상만 해도 감격해서 울 지경인데 우수상이라니.

"하… 너무 믿기지 않아서."

하운은 고개를 숙인 채 손에 들린 트로피를 내려다보았다. 복잡한 심경들이 지금의 하운을 몰아치고 있는 거 같았다.

"너무 좋은 상… 받을 수 있게 해주셔서 감사합니다……."

덜덜 떨리는 하운의 목소리가 지금의 감정을 적나라하게 보여주고 있었다. 도영은 그런 하운을 지켜보고 있다가 뭉클해졌는지 괜히 옷소매로 눈물을 훔쳤다.

"…너는 왜 우냐."

"정말, 저 친구는 최고의 배우야……."

"갑자기?"

"나를 울컥하게 했어……."

헛소리를 늘어놓고 있는 도영을 무시하고 하운의 수상 소감을 마저 들었다. 저 자리에 서면 머릿속이 새하얘질 텐데도 불구하고, 하운은 기억나는 사람들을 한 명씩 천천히 읊고 있었다.

그리고.

그때 익숙한 이름이 그의 입에서 흘러나왔다.

"마이픽 때 만나서… 제게 용기를 줬던 상준이 형. 진심으로 감사하고, 제가 밥 살게요."

"와아아아!"

팬들의 환호성에 상준은 웃으며 손을 흔들었다.

"감사합니다. 앞으로 더 열심히 하는 배우… 되겠습니다!"

하운의 우렁찬 마지막 멘트와 함께, 사방에서 박수가 쏟아져 나왔다.

"와아아아아악!"

그리고, 그 박수 소리 속에서 상준은 마치 자신의 일인 것처럼 흐뭇한 미소를 감출 수가 없었다.

*　　　　*　　　　*

날씨는 춥지만 마음만은 따뜻해지는 성탄절.

캐롤이 울려 퍼지는 거리에서 신나게 뛰어노는 이들이 있었다.

"와아아악! 야, 엄유찬! 어디 가는데!"

탑보이즈는 눈밭에서 정신없이 뛰어다니며 난리를 피우고 있었다.

시상식을 쉴 없이 다니느라 바빴던 요즘이었다. 그래서 크리스마스만이라도 잠시 휴가가 주어졌다. 정확히는 다큐멘터리 촬영을 위한 휴가였지만.

그런 멤버들을 따라 놀러 온 송준희 매니저는 혀를 차며 중얼거렸다.

"…몇 살이야."

누가 보면 초등학교 현장 체험 학습이라도 나온 줄 알겠다.

제현을 제외하고는 전부 성인인 녀석들이 참으로 즐겁게 눈밭에서 뛰어놀고 있었다.

"나상운!"

상준은 손을 흔들며 상운을 불렀다.

다큐멘터리 촬영차 상운을 데리고 오랜만에 온 여행이다. 그새 몸 상태가 많이 좋아진 터라, 상운 역시 눈밭에서 자유를 즐기고 있었다.

"병원을 얼마 만에 나오는 건지."

상운은 두 눈을 반짝이며 눈덩이를 뭉쳤다. 그런 상운을 물끄러미 지켜보고 있던 상준은 불길함을 감지하고서는 한 발 뒤로 물러섰다.

"뭔가 이상한데."

불길한 예감은 틀리지 않는다.

퍽.

상운이 던진 눈덩이는 상준의 머리에 정확히 가격됐다.

푸스스.

머리에 부딪혀 떨어지는 눈가루를 바라보며 열의를 불태우기 시작한 상준이다. 상운은 그 살기를 직감하고서는 빠르게 도망가려 했다.

그래 봤자 제대로 뛰지도 못하는 상태긴 하지만.

"형… 나, 환자야! 환자!"

"이럴 때만?"

"아, 진짜로……!"

펙.

상운의 뒤늦은 수습에도 불구하고 차가운 눈덩이는 정확히 상운의 뒤통수를 가격했다.

"아아악……."

재밌게들 노네.

송준희 매니저는 머리를 짚으며 살벌한 멤버들을 돌아보았다. 분명 상운과 놀아주기 위해 온 여행인데, 이건 어째…….

'살벌한걸.'

"아, 눈 먹었어! 눈!"

"괜찮아. 너 아이스크림 좋아하잖아."

상준은 해맑은 표정으로 눈덩이를 던지더니 갑자기 시선을 돌렸다.

송준희 매니저는 한 걸음 뒤에 서서 상준이 하는 짓을 지켜보았다.

'눈사람……?'

"이거 만들까?"

"어우, 추워. 애도 아니고 무슨 이런 거를 해."

상운은 투덜대면서도 금세 눈을 뭉쳐 왔다.

또각.

나뭇가지를 부러뜨려서 양쪽 팔과 눈까지 만들어 온 상준.

급기야 둘 사이에는 미묘한 예술 혼이 흘러나오고 있었다.

'이런 것조차 열심이라니⋯⋯.'

어쩌면 성격이 저리도 비슷할까.

둘을 지켜보고 있던 송준희 매니저는 저도 모르게 감탄했다.

"와아아악!"

"이제현 묻어!"

"⋯숨은 쉬게 해줘야 하지 않을까?"

다른 멤버들이 자기들끼리 서로를 눈에 파묻는 사이, 둘은 마침내 무릎까지 오는 사이즈의 눈사람을 만들어냈다.

"허억."

감탄이 튀어나올 정도로 제법 귀여운 비주얼.

"⋯잘 만들잖아?"

송준희 매니저가 작게 중얼거리며 놀란 눈을 굴리고 있을 때였다.

"간다아아! 엄유찬! 넥 슬라⋯⋯."

도영이 던진 눈덩이가.

"⋯⋯!"

퍽.

눈사람의 머리에 명중하고 말았다.

*   *   *

"어⋯⋯?"

그와 동시에 툭 떨어지고 만 눈사람의 머리.

상운은 절망한 표정으로 털썩 고꾸라졌다.

"머리……. 머리가……."

상준의 표정 역시 별반 다르지 않았다. 힘들게 나뭇가지를 주워 와 손발을 만들어주었는데…….

"팔이 골절됐어……."

바닥에 나동그라진 나뭇가지와 머리를 보고선 제법 충격받은 얼굴.

"넥… 넥 슬라이스."

도영은 작게 중얼거리며 두 눈을 끔뻑였다.

"…나 눈사람 때리려고 한 거 아닌데."

이미 늦었다.

"아아아악!"

눈밭 위로 도영의 곡소리만이 울려 퍼졌다.

"잘못했어요……!"

"너, 어떻게 그렇게 잔인한 짓을……."

"형이 더 잔인하거든! 지금 연약한 나한테 무슨……. 꾸엑!"

어떻게 눈사람의 머리를 날려 버릴 수가. 상준은 한참 동안 도영을 응징한 후에야 만족한 얼굴로 돌아왔다.

"도영이가 대신 눈사람 해주기로 했어."

"…살려주세… 꾸엑."

일단 도영이를 질질 끌고 와서 눈사람으로 만들어 버릴까 생각도 했으나, 남은 스케줄이 있으니 살려두기로 했다. 상준은 다시 눈밭에 누워 뒹굴거렸다.

정신없이 뛰느라 잊고 있었지만, 이렇게 쉬어가는 것도 나쁘지 않다. 흐뭇한 미소를 지으며 잠시 쉬고 있던 때였다.

"형, 매니저님이 가래떡 구워주신대."

"자, 다들 모여!"

"와, 이건 뭐예요?"

캠핑이라도 놀러 온 것처럼 단체로 들떠 있다. 노릇노릇하게 구워진 가래떡을 받아 든 상준은 입으로 불며 가래떡을 베어 물었다.

따뜻한 온기가 온몸에 그대로 전해진다.

"재밌지?"

"아, 좋네요."

도영 역시 엄지손가락을 치켜들며 만족스러운 얼굴이 되었다. 그렇게 저마다 즐겁게 휴식을 즐기고 있던 때였다.

찰칵.

건너편에서 의문의 셔터 소리가 울려 퍼졌다.

*   *   *

[나상운 사진.jpg. 어디서 촬영 중인듯?]

한 커뮤니티에 눈밭에서 놀고 있는 상운과 탑보이즈의 사진이 올라왔다. 그게 도화선이 되었다.

옆에 줄 서 있는 카메라들과 스태프들 보고선 촬영 중임을 대번에 알아챈 것이었다. 네티즌의 정보력이 대체 어느 정도인지, 다큐멘터리 촬영인 것까지 알려지고야 말았다.

─다큐멘터리를 찍는다고?? 아픈 애를 상대로?

ㄴ근데 별로 안 아파 보이던데 ㅋㅋㅋ 그거 다 구라 아님?

ㄴ이건 또 무슨 개소리래

ㄴ병원에서 잠시 여행 가라고 해준 거 같은데?

ㄴ근데 환자가 저렇게 눈밭에서 뛰어놀아도 되는 부분임?

ㄴ예전에 기사 봐서 아픈 건 맞는 거 같은데 지금은 생각보다 많이 괜찮아진 듯? 지난번에 깨어났다고 기사 뜨긴 했었잖아

ㄴ얘가 버스킹 예능 노래 작곡한 애 맞죠? 나상준 동생?

ㄴㅇㅇ 예전에 오디션 나온 애

ㄴ블랙빈 데뷔조 그 친구 맞음 ㅇㅇ

―뻔하네 ㅋㅋㅋㅋㅋ JS에서 블랙빈으로 다시 데뷔시키려는 게 틀림없음

ㄴ갑자기 블랙빈을? 다른 그룹도 아니고?

ㄴㅋㅋㅋㅋㅋㅋㅋㅋ에반데?

ㄴ블랙빈 팬들 다 들고일어설 듯

ㄴ솔직히 몇 년 선배인 블랙빈에 슬쩍 끼워 넣으려는 거면 ㅋㅋㅋ 개에바지

ㄴ근데 JS가 그 생각인 건 맞는 거 같은데

ㄴ저 지인이 JS 관계자인데요. 제가 듣기로는 그거 맞대요. 연예인 겁나 하고 싶다고 졸라서 JS가 마음 약해서 블랙빈 멤버로 끼워주려는 듯?

ㄴ미친 거 아닌가?

ㄴ와 JS 잘나간다고 팬들을 호구로 보네 ㅋㅋㅋㅋ

ㄴ차라리 탑보이즈에 넣으시지?

ㄴ말이 너무 심하네;; 아무리 그래도 상준이 동생인데;;

ㄴ그건 블랙빈 팬들이 알 바가 아니잖아요 ㅋㅋㅋ 실드 칠 거면 탑보이즈로 데려가라니까?

ㅡ블랙빈에 편입하든 탑보이즈에 편입하든 새로 데뷔하든 내 알 바는 아닌데 환자를 돈벌이로 이용하려는 의도가 너무 투명해서 빡침 ㅋㅋㅋ

ㄴ아직 아픈 애를 데리고 촬영하고 싶나?

ㄴ대충 기세 올랐을 때 지금이 기회라고 생각했나 보지

ㄴ다들 왜 이리 화나셨나? 예전 오디션 때 팬도 많고 재능 있는 친구 아니었던가

ㄴ지금 그 재능이 남아 있을리가? 몇 년이 지났는데?

ㄴ제대로 걸으면 다행이지 춤은 똑바로 출 수 있으려나 모르겠네

신랄한 수준의 비난이 이어졌다. 블랙빈이나 탑보이즈로 영입될 예정이라는 근거 없는 소문마저 돌고 있었다. 상준은 댓글들을 확인하며 인상을 찌푸렸다.

무슨 일이 있어도 상운에게는 보여주고 싶지 않은 내용들이었다.

탁.

상준은 휴대전화를 덮으며 조승현 실장에게 물었다.

"어떻게 하실 거예요?"

"…그러게."

조승현 실장은 고개를 숙이며 상준의 눈치를 살폈다. 사실 다큐멘터리 촬영부터 시작해서 이 일은 블랙빈 실장이 전적으로 관여하고 있는 바였다. 조 실장의 영역은 아니었지만, 자신이 아는 바론 블랙빈 실장의 다음 행동은 정해져 있었다.

"일을 더 키우지 않을까……."

그런 조승현 실장의 예상은 들어맞았다.

*　　　　*　　　　*

「나상운 다큐멘터리 티저 공개, 연예계로의 복귀 꿈꾸나?」

이렇게 논란이 된 이상 차라리 빨리 영상을 푸는 게 낫다는 것이 JS 엔터의 결정이었다. 때문에 달아오르고 있던 반응은 폭발적으로 늘어났다. 욕하는 사람 반, 호기심으로 지켜보는 사람 반. 댓글창은 말 그대로 난리가 났다.

—연예계로의 복귀는 무슨 ㅋㅋㅋㅋㅋㅋㅋ 따지고 보면 데뷔겠죠?
ㄴ이야 연습생 하나 잘 팔아먹네? 이게 JS의 영업인가?
ㄴ무슨 생각인지 모르겠다
ㄴ진짜 데뷔시키려나 보네
—왜들 이리 욕함 애는 죄가 없는데
ㄴ아니, 근데 ㅋㅋㅋㅋㅋㅋ 아무리 그래도 환자를 상대로 이건 좀… 아닌 거 같은데?
ㄴ일단 지켜보고 결정합시다
ㄴ응~ 블랙빈 들어갈 각
ㄴ뭐래 미친놈이
ㄴ2222222

반응은 더욱 살벌해졌다. 다큐멘터리 촬영이 있다는 찌라시가 사실상 팩트임이 입증되면서 물어뜯으려는 사람들이 더 늘어났다.

그리고.

"…무슨 생각이신 거예요?"

실장실에 들어온 은수의 목소리도 한층 더 살벌해졌다. 처음 다큐멘터리 촬영이 있을 때부터 줄곧 반대해 온 은수였다. 그가 걱정했던 일들이 현실이 되었으니 지금은 더 흥분한 상태였다.

"지금 영상 풀리기 전에 욕부터 먹고 있는데. 이게 정말 상운이를 위한 거라고요? 차라리 적당히 몸 회복하면서, 그렇게 데뷔 준비했으면. 그게 훨씬 나았을 거라고요."

괜히 화제성을 잡으려다가 상처를 준 게 아니냐.

은수는 언성을 높이며 손으로 부채질을 했다.

블랙빈 실장은 은수의 말에 차마 대답을 할 수 없었다.

"……."

사실 은수의 말에도 틀린 건 하나도 없었다. 상준은 입을 꾹 다문 채 고개를 떨구었다. 상준이 판단해도 지금 이 상황은 상운에게 안 좋게 돌아가고 있었다. 물론 JS 엔터 전체에도.

하지만.

"글쎄."

조승현 실장의 생각은 달라 보였다.

원래는 블랙빈 실장의 일이라 별다른 딴지를 걸지 않고 지켜봐 온 조 실장이었지만, 오늘만큼은 그의 눈빛에서 확신이 느껴졌다.

"반응 바뀔 거야, 조만간."

"반응이 바뀐다고요?"

은수의 한마디에 조승현 실장은 천천히 고개를 끄덕였다. 딱히 근거가 있는 소리는 아니었다.

"그냥……."

조승현 실장은 꼬았던 손을 풀며 나직이 말을 뱉었다.

"이건 내 직감이야."

"……."

"이 바닥에 이십 년 가까이 있으면서 내가 배운 직감."

그리고.

이십 년의 직감은 결코 무시할 수 있는 수준이 아니었다.

*   *   *

조승현 실장의 말은 이번에도 정확히 들어맞았다.

본방송이 방영되자마자 여론은 180도로 바뀌었기 때문이었다.

상운의 놀라운 기타 실력과 사람들을 사로잡는 보이스.

병실 안에서 상운이 펼친 연주에 사람들은 감동했다.

아픈 와중에도 꿈을 절실히 그리워하는 상운의 마음이 그대로 전달되었기 때문이었다. 누구나 한 번쯤은 그려봤을 간절한 꿈. 심지어 그 문턱 앞에서 꿈을 포기해야만 했던 상운의 마음이 절실히 느껴졌기에 비난할 수 없었다.

'가수가 하고 싶어요.'

담담한 목소리로 내뱉는 상운의 말에는 힘이 있었다.

그뿐만이 아니었다. 다큐멘터리에서는 상운의 순수한 성격을 고스란히 담아냈다. 탑보이즈와 한데 모여 즐겁게 뛰어노는 모습이, 사람들에게 친숙한 이미지를 건넸다.

은수와 나란히 앉아 대화하는 장면은 방송 다음 날 클립으로 여기저기 떠돌았다. 블랙빈 데뷔조에서 함께 고생했기 때문일까.

둘의 우정은 사람들의 마음을 움직이기에 충분했다.

─어제 다큐 봄? 사람들이 하도 욕하길래 봤는데 와 ㄷㄷ 진짜 대단하더라

└기본적으로 애가 재능이 있음 나 그렇게 노래 잘 부르는 아이돌 첨 본 듯?

└이게 유전자의 힘인가 ㄷㄷㄷ

└작곡 누가 했나 얘기 많았는데 저 편곡 실력이면 충분히 했겠다 싶음

└아파서 예전처럼 연주도 못 한다고 했는데 예전에는 진짜 어땠던 거임?

└ㄹㅇㅋㅋ

─블랙빈 팬들은 상운이의 영입을 지지합니다

└갑자기 왜 마음이 돌아섬?

└다큐 진짜 장난 없었잖아

└근데 솔직히 블랙빈 오래된 팬들은 다 상운이 지지했을걸

└ㅇㅇ 리얼리티까지 같이 찍었던 앤데

└은수가 펑펑 우는 거 보면서 단체로 마음 바뀐 듯 ㅇㅇ

ㄴ아 진짜 블랙빈으로 컴백했으면 좋겠다

ㄴ은수랑 케미 좋더라

ㄴ22222

ㄴ노래 스타일도 딱 블랙빈 상인 듯 잘 어울릴 거 같은데

ㄴ멤버들 비주얼 합 오지잖아

ㄴ실력도 좋고 인성도 좋은데 진짜 들어갔으면 좋겠다

상운이 블랙빈에 들어갈지도 모른다는 말에 팬들의 반발이 심했었다. 오래된 팬들은 그렇다 쳐도 블랙빈 데뷔 후에 팬이 된 사람들은 그럴 수밖에 없었다. 낯선 멤버가 새로 들어온다고 하니 싫을 수밖에.

"반응… 진짜 좋네."

그런데 지금은 달랐다. 다큐멘터리를 통해 상운의 매력에 빠져든 사람들은 그의 연예계 데뷔를 간절하게 원하기 시작했다.

그 전까지는 휴대전화를 꽁꽁 숨겨두었던 상준도 이제야 상운에게 댓글들을 보여줬다.

"진짜 거짓말 아니지?"

"그렇다니까."

상준을 따라온 은수가 두 눈을 반짝이며 격하게 고개를 끄덕였다.

"진짜 우리 팀 오면 좋을 거 같지 않냐."

"…현실적으로 힘들지."

꼭 블랙빈이 아니더라도 데뷔라도 하게 된다면 너무 행복할 것 같았다. 아직 자신은 너무 부족한 상태지만, 기회만 주어진다면 열심히 할 자신이 있었다.

"형, 나 진심으로……."

"어, 말해봐."

"데뷔하고 싶어."

상준은 미소를 지으며 그런 상운을 돌아보았다.

"내 노래를 들려주고 싶어."

"그래."

"그래서. 내 노래가 누군가에게 힘이 된다면… 그럴 수 있다면. 참 좋을 거 같아서."

상운은 살짝 울컥한 모양이었다. 자신을 저렇게 응원하고 지지해 주는 사람들이 있다는 사실에 마냥 감사해 보였다.

'보답하고 싶다.'

저 사람들을 위해서라도 꼭 데뷔해서 받은 사랑을 돌려주고 싶다. 그것이 지금 상운의 바람이었다.

"할 수 있어. 못 할 거 없잖아. 지금 네가 해온 대로만……."

은수는 상기된 목소리로 상운을 응원했다.

그때였다.

끼이익—

마찰음과 함께 병실의 문이 열리고, 익숙한 얼굴이 들어왔다.

"실장님?"

블랙빈 담당 실장.

상운의 일로 몇 번 그를 만난 상준은 의아한 눈길로 고개를 돌렸다.

"어, 안녕하세요."

연습생 시절부터 그를 봐온 상운은 반가운 기색으로 고개를 숙였다. 평상시와는 달리 유난히 진지해 보이는 얼굴. 은수는 밝은 목소리로 그에게 물었다.

"무슨 일로 오셨어요?"

"제안을 하나 하려고 하는데."

블랙빈 실장의 목소리에서 미묘한 책임감이 느껴졌다.

그리고.

묵직한 한마디가 병실을 울렸다.

"블랙빈……. 들어오지 않을래?"

제3장

꿈

3개월의 연습 기간은 빠르게 흘러갔다.

블랙빈으로 데뷔하는 것이 결정된 이후에, 상운은 JS 엔터에서 연습을 시작했다. 블랙빈 컴백 시기에 맞춰서 들어가기 위해서였다.

처음에는 간단한 퍼포먼스 위주로 기초 동작부터 다시 짚었던 상운이었다. 하지만, 은수의 얘기를 들어보니 요새는 제법 잘 따라가는 모양이다.

그렇다고 해서 불안한 마음이 가시는 건 아니었지만.

"후."

상준은 깊은숨을 들이쉬며 문 앞에 섰다.

블랙빈의 연습실. 지금쯤 연습이 한창일 멤버들의 모습이 유리문 너머로 비쳤다.

"좋아하려나."

블랙빈 친구들을 위해 치킨을 몰래 양손에 사 들고 연습실을 찾았다. 안에서는 우렁찬 목소리가 울려 퍼졌다.

"하나, 둘, 셋, 넷. 거기서 찬이가 끼어 들어가고."

"네엡."

"상운이 센터거든, 여기서."

"네네. 그러면 타이밍 맞춰서 뛰면 될까요."

"박자 잘 맞춰서 들어와. 동선 꼬이면 안 되니까."

유리문 틈새로 얘기를 들으니 은수 말대로였다. 생각보다 오랜만의 연습이 버거워서 잘 따라가지 못할까 걱정했지만 상운은 제법 열심히 따라가고 있었다.

"하나, 둘, 셋. 자, 그렇지."

노래가 시작하자마자 눈빛부터 달라진다. 병실 안에서 해맑게 웃고 있던 상운은 여기에 없었다. 프로의 마음가짐이 상운의 눈빛에서 느껴졌다.

'적당히 천천히 해. 아직 완전히 회복된 것도 아니라면서.'

너무 연습에 매달리는 것 같아 며칠 전 건넸던 말이 떠올랐다. 그때도 상운은 단호하게 고개를 저었다.

'그건 사람들이 모르잖아. 보이는 건 또 다르니까.'

적어도 무대에 설 프로면 완벽해야 한다. 상운의 생각은 그랬다.

무대를 완벽하게 선보이지 못할 사정 같은 건, 아무도 관심이 없으니까.

"진짜 열심히 하네."

예전에는 상운의 결과물이 마냥 재능인 줄 알았다. 동생에게만 쏠려 버린 재능에 원망했던 적도 있었다. 하지만, 이렇게 보니 저 재능조차도 노력으로 일궈낸 게 아닐까 싶었다.

몸이 예전처럼 따라주지 않을 텐데도 땀을 흘려가며 열심히 뛰고 있다.

벌컥.

상준은 미소를 지으며 연습실 문을 열어젖혔다.

상준의 얼굴을 확인한 블랙빈 멤버들이 놀란 눈이 되었다.

"어, 무슨 일이야?"

"치킨 들고 왔……."

상준의 한마디가 끝나기도 전에 살벌한 눈빛이 느껴진다. 트레이너 쌤이다. 분위기를 보아하니 다이어트 기간인 모양인데.

상준은 장난스럽게 말을 더했다.

"…나 혼자 먹어야겠네?"

"그건 상도덕이 아니지."

곧바로 원성이 쏟아진다. 마침 수업도 끝난 시간, 트레이너 선생은 어이가 없다는 듯 웃으며 멤버들을 보냈다.

"나가서 먹고 오든가."

"네에, 그럴게요."

"아니면 그 전에 한번 볼래?"

의외의 제안. 은수는 부끄러운지 머리를 긁적였다.

"아, 저희 컴백 무대요?"

"좋다."

상준은 고개를 끄덕이며 자리에 앉았다. 심혈을 기울여 준비했다는 이번 컴백 무대가 궁금하긴 했다. 그와 별개로 상운의 실력이 얼마나 늘었는지도 확인해 보고 싶었고.

"상운이 무대 한 번도 본 적 없지?"

상준의 마음을 읽었는지 트레이너 선생이 장난기 어린 목소리로 말을 던졌다. 상준은 고개를 끄덕이며 그의 말에 답했다.

"보여줄 리가요."

"아, 쌤……"

상운은 수치스럽다는 듯이 머리를 헝클어뜨렸다.

그럼에도 막상 음악이 나오기 시작하니, 곧바로 자리를 잡는다.

"와아아아! 기대된다!"

두두둥.

이번에도 역시 블랙빈의 파워풀함이 돋보이는 무대.

기본 곡들에 비해 안무의 난이도는 덜한 편이었다. 아마 너무 격한 무대는 지금 상운의 상태로는 무리라고 판단한 모양이었다.

"와."

처음에는 블랙빈의 사기를 띄우고자 했던 탄성이었으나 두 번째는 진심이었다.

'뭐야, 이건.'

여러 악조건이 겹친 상황 속에서도 상운은 제법 잘 따라오고 있었다. 연습 덕분일까. 예전의 춤 선이 돌아온 느낌에 상준은 흡족한 미소를 지었다.

JS 엔터에서 퍼포먼스 1위를 은수와 다툴 정도의 실력. 오랫동안 춤을 추지 않았다고 해서 그 실력이 완전히 녹슨 것은 아니었다.

상운에게는 유연함이 있었다. 정해진 대로만 춤을 추는 것이 아니라 은연중에 섞여 나오는 애드리브. 과하지 않고 적당해서 마치 뮤지컬의 한 장면을 보는 것만 같았다.

이게 겨우 3개월 만에 만들어낸 성과라니.

믿기지 않을 정도다.

"잘하네."

괜히 자신까지 함께 뿌듯해지는 기분이었다.

*   *   *

블랙빈의 컴백 준비가 일사천리로 끝이 나고.

오늘은 마침내 그들이 컴백하는 날이었다.

"준비 다 됐지?"

대기실 문을 열고 송준희 매니저가 들어왔다. 상준은 고개를 끄덕이며 침을 삼켰다. 마치 탑보이즈의 컴백만큼이나 떨리는 무대였다.

"대체 저한테 왜 자꾸 진행할 일이 생길까요."

"사회자 상인가 봐."

"…그렇게 생겼어요?"

상준은 억울해하면서도 이 순간을 함께할 수 있다는 사실에 뿌듯해했다. 원래는 방송 MC로 활동하는 다른 연예인들을 컨택할 예정이었지만, 은수의 추천으로 상준이 진행을 맡게 됐다.

'상준이 형이 진행 잘하잖아요. 재밌는 쪽으로.'

그 이유는 그다지 마음에 들지 않았지만.
뜻깊은 자리에 함께해 보고 싶었기에 딱히 거절하지 않았다.
동생의 첫 데뷔무대를 가장 가까이에서 보고 싶은 마음.
"안녕하세요, 탑보이즈의 나상준입니다!"
그 마음을 안고 이 자리에 섰다.
상준은 대본을 손에 쥔 채 인사를 하며 앞으로 나갔다.
"와아아아악!"
"헐. 나상준이다!"
"아니, 블랙빈 사회자로 상준이가 나오는 거야?"
쇼케이스 자체가 큰 행사긴 하지만 상준이 나올 줄은 몰랐다.
블랙빈의 팬들은 단체로 경악에 찬 표정이었다.
"꺄아아아아!"
열렬한 환호성에 손을 들어준 상준은 침착한 얼굴로 마이크를 잡았다. 블랙빈 친구들은 자기가 여기서 또 실수를 해주길 바라는 눈치지만.
'오늘은 진짜 똑바로 한다.'
상준은 결연한 표정으로 긴장한 마음을 억눌렀다.
"제가 진행을 꽤 여러 번 했었거든요."

"꺄아아아! 오늘도 보여주세요!"

아니, 뭘 보여달라는 거야.

상준은 억울한 표정으로 말을 더했다.

"저는 늘 최선을 다했어요."

"푸흡."

이제는 곳곳에서 웃음소리가 들려온다. 반박도 하지 않고 웃기만 하니 뭔가 더 억울하다. 상준은 한숨을 내쉬며 고개를 저었다. 이미지는 비록 이렇게 되어버렸지만 확실한 결과만 보여주면 된다.

"오늘도 최선을 다할 테니 믿어주세요."

"와아아아아!"

다행히도 이번에는 믿어주는 모양.

상준은 대본을 확인하며 준비된 멘트를 이어갔다.

"제가 마이픽에 처음 출연할 때, 블랙빈의 러브 포이즌을 췄던 기억이 나는데."

"맞아요오!"

"덕분에 화제가 되어서 이 자리까지 올 수 있었던 거 같아요."

물론 대본에 있는 멘트다.

상준은 흐뭇한 미소를 지으며 고개를 끄덕였다.

"그런 의미에서 오늘은 제가 굉장히 기대하고 있는, 블랙빈 선배님들의 컴백 무대가 준비되어 있습니다."

이 무대 하나를 위해 얼마나 땀을 흘렸을까. 그 마음을 익히 알고 있는 상준은 깊은숨을 들이쉬며 웃었다.

지금도 저 뒤에서 얼마나 떨고 있을까.

'끄는 건 이쯤 하자.'

빨리 무대를 봐야 할 시간이다.

상준은 우렁찬 목소리와 함께 손뼉을 쳤다.

"블랙빈의 'DREAM ON DREAMER' 무대, 시작하겠습니다! 큰 박수로 맞이해 주세요!"

* * *

블랙빈의 컴백은 성공적이었다.

초동 100만 장이라는 역대급 기록을 세웠다. 원래 팬덤이 견고했던 블랙빈이지만 이번 앨범 덕에 더욱 견고해졌음을 알 수 있었다.

새로운 멤버의 영입이라는 큰 변화가 블랙빈에게 안 좋은 영향을 미치진 않을까 분석했던 기자들도 많았지만, 결과는 그 반대였다.

상운의 이야기는 다큐멘터리를 통해 대중들에게 친숙하게 다가갔고, 상운의 팬들이 블랙빈에 흡수되며 역대급 앨범 성적을 만들어낸 것이었다.

연예 기사 메인에는 연달아 블랙빈의 이름이 올랐다.

「블랙빈의 화려한 컴백, 새로운 멤버의 정체는?」

―와 이번 컴백 영상 봄?

ㄴ미친 듯 개잘하던데

ㄴ컨셉 겁나 잘 잡은 듯

ㄴ상운인가 뉴 멤버도 생각보다 잘 뽑은 느낌

ㄴ뉴 멤버가 아니라 원래 같이 데뷔하기로 했다던데

ㄴ그래서 그런가? 이미지 ㄹㅇ 잘 맞아서 팬들 반응 좋더라

ㄴㅇㅇ 난 벌써 스며든 듯

ㅡ초동 100만 장 ㄷㄷㄷㄷㄷㄷ

ㄴ이번 앨범 잘하면 역대급 찍을 듯

ㄴ다들 스밍 돌려어어어ㅓㅇ

ㄴ아 이게 블랙빈이지 ㅋㅋㅋㅋ

ㄴㄹㅇㅋㅋ

ㄴ만족스럽다 진짜ㅠㅠㅠㅠㅠㅠ

ㄴ우리 애들 이번에도 너무 잘했어 ㅠㅠ

ㅡ아 근데 진짜 빡세게 연습한 티가 남

ㄴㅇㅇ 특히 퇴원한 지 얼마 안 된 상운이는 어케 한 건가 싶더라

ㄴㄹㅇ 잠 안 자고 연습만 했다는데 그게 진심인 거 같았음

ㄴ애들 굴리지 말고 활동 잘 시켜줬으면 좋겠다

새 멤버 상운이 들어온 만큼 기존 팬들의 여론이 가장 걱정이었다. 하지만, 다행히 전반적으로 환호하는 분위기였다. 이미 각종 커뮤니티에서는 상운의 눈빛 연기를 보여주는 움짤이 돌아다니고 있었다.

"크, 형이랑 느낌 비슷하다고 좋아하네."

"…나랑?"

물론 상준은 인정하지 않았다.

"어이없는 소리를 하는구나."

"왜 부정하려 해, 형."

"…차도영, 넌 제발 저리 가."

상준은 도영을 밀쳐내며 혀를 찼다.

"잘하고 있으려나."

국내 활동 2주를 정신없이 마치고 해외 투어를 떠났으니 지금이면 한창 바쁠 터였다. 송준희 매니저한테 전해 들은 말에 의하면 해외 투어도 잘하고 있는 모양이었다.

"진짜 여러 가지로 역대급이다."

"그렇지?"

도영은 고개를 끄덕이며 웃었다. 이제는 은수와 제법 편해졌는지 블랙빈의 소식을 전하기도 했다.

"어제 잠도 못 잤대. 짜릿하다."

너무 편해진 거 같기도 하다만. 도영은 기분 좋은 콧노래를 흥얼거리며 휴대전화를 내려다보았다. 상준 역시 그런 도영을 따라 상운이 보낸 문자를 확인했다. 잘하고 있냐는 물음에 그새 답이 와 있었다.

[ㅇㅇ 잘하고 있는 중]

[(사진)]

콘서트 장에서 찍은 사진을 보내온 상운. 사진 속의 상운은 진심으로 행복해 보였다. 그동안 데뷔만을 그렇게 그려왔으니 얼마나 기분이 좋을까. 이미 그 심정을 겪어본 상준은 흐뭇한 미소를 지었다.

워낙 타이트한 스케줄에 체력이 부족할까 걱정했지만 상운은 생각한 것 이상으로 잘 버텨냈다. 도영은 상준의 휴대전화 화면을 슬쩍 보고선 말을 더했다.

"와, 나상운 체력 좋은 거 봐."

"원래 첫 데뷔 때는 다 그렇지. 은수는 뭐래?"

"은수 형?"

도영은 씨익 웃으며 손뼉을 쳤다.

"지금 아시아 투어 뛰는 중인데 죽을 거 같대. 너무 즐겁다."

"…저런."

형의 고통이 자신의 행복이라나. 표정을 보아하니 진심인 거 같았다.

그때, 도영의 말을 들은 송준희 매니저가 불쑥 끼어들었다.

"지금 그렇게 블랙빈 놀릴 때가 아닐 텐데."

"…아."

그 한마디로 대강 송준희 매니저의 말뜻을 짐작한 도영은 고개를 파묻었다.

"저희 컴백 날짜 잡혔어요?"

그렇다.

3개월간 열심히 공백기를 즐겼으니 이제 본격적으로 새로운 앨범을 준비할 차례.

"우리도 가자."

싱글앨범 발매 일정이 앞으로 불쑥 다가왔다.

　　　　　*　　　　　*　　　　　*

"다들 아이디어 있어?"

조승현 실장은 턱을 괸 채 멤버들을 돌아보았다. 싱글앨범 발매 준비를 위한 회의였다. 봄이 다가온 만큼 이번에는 부드러운 컨셉으로 가자는 의견이 대다수였다.

"저는 좋은 거 같아요."

"저도."

'기다려 줘'가 반응이 좋았던 만큼, 이번에도 의견이 한데 모였다. 곡을 처음 듣는 사람도 쉽게 따라 부를 수 있을 법한 후크송. 곰곰이 생각에 빠져 있던 선우가 손을 들었다.

"음. 제 생각은 조금 다르긴 해요."

"어떤 스타일 생각해 봤는데?"

"팝송 느낌으로 가보는 건 어떨까요?"

"아."

"살짝 리드미컬하게. 딱 들으면 신나는 노래들 있잖아요."

달달한 노래보다도 신나는 리듬의 노래가 더 어울리지 않을까.

"하긴 달달한 건 모닝콜이랑 ASK로도 했었지."

유찬도 고개를 끄덕이는 걸 보니 선우의 의견에 동조하는 것 같았다. 조승현 실장은 멤버들의 의견을 받아 적으며 되물었다.

"어떤 거 같아?"

리드미컬한 팝송 스타일이라.

머릿속에 그려지는 장면이 있긴 했다. 한참을 고민하던 상준은 천천히 고개를 끄덕였다.

"제가 봤을 땐 정말 좋을 거 같긴 하거든요."

요새 빌보드 트렌드만 봐도 그렇다. 사람들은 즐길 수 있는 노래를 듣고 싶어 한다. 격렬하게 파워풀한 스타일이 아니어도 괜찮다. 카페에서 곡이 흘러나올 때 고개를 까닥일 수 있는, 그런 스타일의 노래들.

"근데 도움을 받으면 좋을 거 같아요."

"도움?"

"네, 이 스타일이라면 정말 어울릴 사람이 한 명 있는데……."

밝고 리드미컬한 스타일.

주로 이런 느낌으로 곡을 써내는 사람이 한 명 있었다.

상준의 의미심장한 웃음에 조승현 실장의 두 눈이 동그래졌다.

"아."

설마.

"좀 바쁘긴 해 보이는데……."

귀국하자마자 달리면 되겠지.

"어때요?"

상준의 두 눈이 반짝였다.

*   *   *

"아아악……."

해외 투어를 마치고 온 상운은 골골대면서도 작곡 작업에 적극적이었다. 워낙에 작곡에 관심이 많았던 데다가 탑보이즈의 앨범에 참여하게 된다는 사실이 꽤나 설레었던 모양이었다.

"어떤 거 같아?"

"소스는 다 좋은데."

상운은 빠르게 상준이 가져온 멜로디를 훑으며 고개를 끄덕였다.

"그래?"

같이 작업을 하면서 느낀 거지만 상준과 상운의 작업 스타일은 전혀 달랐다. 상준이 하나의 악상을 바탕으로 장면을 확대해 가는 스타일이라면, 상운은 여러 개의 퍼즐 조각을 하나로 모아 스토리를 완성해 가는 스타일이었다.

그러다 보니 여러 소스들을 빠르게 연결하는 건 상운의 몫이 되었고, 그걸 던져주는 것이 상준의 몫이 되었다.

"탑, 그리고 컬러. 마지막으로 키워드가?"

"환상?"

「EIFFEL」이 탑을 올라가고자 고군분투하는 스토리고, 「ASK」는 불명확한 꿈이 환상이었음을 직시하는 스토리다. 「BREAK DOWN」에서 거짓된 탑이 무너진 뒤, 포기하지 않고 붙잡으려 하는 것이 「기다려 줘」. 이번 싱글앨범 역시 이전의 세계관과 착실하게 이어지고 있었다.

"환상이 현실임을 자각한다."

그래서 이번 앨범의 곡명은 「일루전」이다.

환상이고 그저 하나의 꿈이라 단언했지만, 금방이라도 닿을 것처럼 가까이 느껴지는 거리에 탑이 있을 때.

우리는 다시 한번 그 탑을 오르려 할까.

뮤직비디오의 스토리를 빠르게 기억해 낸 상준이 설명해 주자, 상운은 감을 잡은 듯 건반 위에 손을 올렸다.

디리링.

흩어져 있던 음들이 자연스럽게 하나가 되어 이어진다.

상준이 그려냈던 꿈도, 환상도, 그리고 현실도.

일루전이라는 키워드에 맞게 여러 퍼즐 조각이 모여 한 폭의 그림을 만들어내고 있었다.

"…어때?"

"좋은데?"

완성본을 들은 것도 아닌데 벌써부터 느낌이 좋다.

상준은 두근대는 마음으로 빼곡히 채워진 모니터 화면을 바라보았다.

"처음부터 들어보자."

"오케이."

곡을 듣는 실력이라면 어느 정도 있다고 믿었다. 뒤늦게 얻게 된 재능의 힘 덕분이기도 했지만, 어렸을 때부터도 상준은 감이 좋은 편이었다.

이게 좋은 노래다 싶으면 평타는 쳤고.

이건 인생곡이다 싶으면 대박이 났다.

그러니까 이 곡은……

"와."

그저 방금 만들어낸 가이드에 불과한데.

"왜 벌써 인생곡이 된 거 같지?"

＊　　　＊　　　＊

모두가 간단히 따라 부를 수 있는 곡.

싱글앨범인 만큼 이 한 곡에 모든 걸 보여주자는 마음으로 갈아 넣었다.

그 바람을 담은 상준의 첫 소절이 울려 퍼졌다.

It's illusion
결국 모두 허상이었던 걸까
이렇게나 선명한데
목소리마저 잡힐 거 같은데

몽환적인 가사와 분위기 있는 피아노의 멜로디 라인.

하지만, 그 분위기와 상반되는 기타 소리가 통통거리며 노래를 이끌었다.

It's illusion
결국 모두 환상이었던 걸까
이렇게나 가까운데
금방이라도 오를 거 같은데

도영은 웃으며 손을 뻗었다가 장난인 척 뒤로 빠졌다. 그다음으로 유찬의 랩이 이어졌다. 그 자연스러운 동선이 마치 연극을 보는 것 같았다.

그 무대만 바랐어
내 손에 들려 있는 건 티켓
내 노래를 들어볼래
오늘이 마지막 기회야

블랙빈과 탑보이즈의 음악 스타일이 전혀 다름에도 불구하고, 상운은 두 가지 스타일을 완벽하게 넘나들었다. 노래 곳곳에 상준과 상운의 손길이 닿아 있었다.

"와."

무대를 지켜보고 있던 팬들의 입이 천천히 벌어졌다.

'진짜 각 잡고 준비했구나.'

「에피소드」보다도 대중적인 멜로디. 한 번 들으면 따라 부를 수 있을 거 같은 친숙함에 탑보이즈의 색다른 매력이 묻어 있었다. 축제의 현장에 온 것처럼 신나는 리듬이 스튜디오를 휘감았다.

바쁜 스케줄 속에서도 몸을 갈아가며 혼신의 연습을 다했던 만큼, 그 저력이 무대를 통해 보이고 있었다.

익숙한 후렴구를 통해 흥을 한껏 띄워놓았을 때.

상준과 제현이 동시에 앞으로 걸어 나왔다.

이번 싱글앨범의 하이라이트 파트다.

제현의 맑은 목소리가 음을 깔자마자 상운이 부드럽게 치고 올라갔다. 이번 앨범의 대부분의 파트가 대중적으로 따라 부를 수 있는 파트였다면, 이 부분에서는 어느 정도 욕심을 냈다.

It's illusion

아니야 그것마저도 착각이야

상준의 탄탄한 고음이 순식간에 관객석을 휘어잡았다. 아까까지 고개를 까닥이며 노래를 감상하고 있던 팬들은 다시 한번 탄성을 터뜨렸다.

상준의 보컬에 맞춰서 조금씩 화음을 쌓아가는 다른 멤버들.

보컬 연습의 저력을 여기서 드러냈다. 다섯이 동시에 노래를 부르고 있음에도 서로의 목소리가 색다르게 느껴지는 특별함.

내가 이 자리에
너무도 선명하게 남아 있는데

화려한 퍼포먼스를 선보이면서도 이 정도의 라이브가 가능한 것은, 연습 또 연습 덕분이었다.

'허억… 헉. 죽을 거 같아.'
'진짜 립싱크하고 싶다……'

해외 시장을 장악하기 위해서 가장 중요한 것이 뭘까.

엠마 캐머런과의 무대를 함께 한 이후, 탑보이즈의 머릿속에는 항상 그 질문이 함께했다.

비주얼. 화려한 퍼포먼스. 그리고 좋은 노래.

모두 맞는 소리다.

하지만, 그런 껍데기만으로는 수많은 대중들을 사로잡을 수는 없었다. 지금 입고 있는 이것들을 어떻게 소화해 내느냐는 전적으로 탑보이즈의 실력에 달렸으니까.

죽어라 연습했다. 라이브 무대를 소화하기 위해 러닝 머신 위에서 노래를 불렀고, 춤을 출 때도 라이브 연습을 빼놓지 않았다.

잠을 잘 시간까지 줄여가며 동선을 체크하고 안무의 디테일을 확인했다.

그 덕분에 만들어진 무대다.

"와아아아악!"

그리고, 대중은 절대 바보가 아니었다.

이 무대를 선보이기 위해 탑보이즈가 흘린 땀을 알기에.

알 수 없다고 해서
그 모든 게 거짓이 되진 않아

"꺄아아아!"

"탑보이즈! 탑보이즈! 탑보이즈!"

"일루전 파이팅!"

마지막 소절이 끝나자마자 우레와 같은 함성 소리가 스튜디오를 뒤흔들었다.

*   *   *

대중의 귀는 옳았다.

「일루전」은 앨범 발매 직후 각종 음원차트에 진입 1위를 찍고 시작했다.

"진입 1위라니."

도영은 호들갑을 떨며 음원차트를 계속 뚫어져라 내려다보았다. 저쯤 되면 5초마다 새로고침을 하고 있는 거 같은데.

"그렇게 좋아?"

"네에!"

"아, 물론이죠!"

송준희 매니저의 물음에 다섯은 동시에 싱긋 웃으며 고개를 끄덕였다. 상준은 송준희 매니저를 바라보며 천천히 입을 뗐다.

"솔직히 처음에 들었을 때, 저 안 믿었잖아요."

"나도."

"1위는 할 수 있다고 생각은… 했지만."

"푸흡."

"진입 1위는 예상 못 했거든요."

사실 대부분의 아이돌들은 앨범 발매 후 당일 새벽에 순위가 가장 많이 오르는 편이었다. 팬들의 스트리밍 효과가 가장 강해지는 시간이기 때문이다.

앨범이 발매된 저녁 6시.

그 직후에 1위를 바로 찍기란 팬덤의 힘이 강력하거나 대중의 픽이 아닌 이상 사실상 힘들었다.

그런데 그걸 해냈다.

팬덤의 힘도, 대중의 힘도, 모두 이번 앨범을 지지하고 있었기 때문이었다.

진입 1위. 놀라운 기록에 다들 난리가 난 것도 그 의미를 알아서였다.

"아, 케이크 사 갈까?"

원래는 침착한 리더 선우도 두 눈을 반짝이며 자리에서 일어났다. 그답지 않게 잔뜩 흥분한 기색이었다.

"초코케이크, 생크림, 아이스크림 중에서 골라."

아무래도 오늘은 파티를 해야겠다. 상기된 선우의 말에 한참을 고민하던 제현의 대답은 생각보다 훨씬 간단했다.

"비싼 거."

"…우문현답이네."

유찬은 감탄하며 제현의 대답에 동조했다.

"초코케이크인데 금가루 뿌려진 거 있잖아. 고급진 거. 알지?"

"세상에. 제현아, 사람이 떴다고 벌써부터 초심을 잃으면 안 돼."

"…어엉?"

"우리 오백 원짜리 편의점 막대 사탕 먹던 시절을 기억해 봐."

"그건 여전히 먹는데."

말이 끝나기 무섭게 주머니에서 막대 사탕 하나를 꺼내는 제현이다. 그걸 지켜보던 상준은 고개를 저으며 유찬에게 말을 던졌다.

"쟤가 지금까지 먹은 막대 사탕 다 합치면 그 케이크 값보다 비쌀 거다."

"…맞네."

가만 보면 저 녀석이 가장 큰손이다.

상준은 선우와 눈빛을 교환하며 피식 웃었다.

"그래, 오늘은 고급진 걸로 가자."

"가자!"

"매니저님도 오실 거죠?"

"가야지."

"와아아아아!"

모처럼 만의 파티다.

난생 첫 진입 1위, 오픈 직후 해외 차트 상위권 진입.

그것만으로도 이번 「일루전」앨범의 기록은 역대급이었다.

그건 대중의 반응이 증명하고 있었다.

─일루전 진입 1위!!! 이젠 빼박 1군이죠?

└ㅇㅈㅇㅈ

└단독으로 앨범 내도 걍 1위 찍어버리네 ㄷㄷㄷㄷ 연말 시상식
도 미쳤지만 내년에는 더 미칠 거 같음

└해외 차트도 줄줄이 1위인데?

└ㄹㅇ?

└이건 빌보드 노려볼 만하지 않아?

└ㄷㄷㄷㄷㄷㄷ

─다들 너튜브 스밍 올라가는 속도 보삼

└뭐야 이거

└ㄹㅇ 미쳤는데?

└ㄷㄷㄷㄷㄷ 벌써 5천만이 넘었다고????

└에반데

클릭할 때마다 오르는 뮤직비디오의 스트리밍 수.

거기에다 해외에서도 이번 앨범의 반응은 폭발적이었다.

하지만.

거기서 끝이 아니었다.

일주일 후.

"으음…… . 이건 또 뭐야?"

툭.

다시 한번 세우고만 역대급 기록.

기사를 확인한 상준의 두 눈이 동그래졌다.

"……."

그다음은 선우의 탄성이었다.

"이… 이거 꿈 아니지?"

*   *   *

"빌… 빌보드 1위라고요?"

처음 그 소리를 들었을 때는 잠에서 덜 깬 줄 알았다. 누군가 설계해 둔 말도 안 되는 꿈속에 빠져 있는 줄만 알았다.

하지만, 두 번째 들었을 때는.

"그래. 이번 앨범 빌보드 1위 했다니까."

"…말도 안 돼."

"확인해 봐. 너네 눈으로 직접."

아.

말로 형용할 수 없는 벅찬 감정들이 올라왔다.

"세상에."

"감… 감사합니다……."

상준은 멍한 눈길로 차트를 확인했다.

「탑보이즈―ILLUSION」

빌보드 차트 1위. 그 정상에 탑보이즈의 이름이 선명하게 박혀 있었다.

"……."

몇 번을 확인해 봐도 그 자리 그대로였다.

상준은 떨리는 손으로 휴대전화를 붙들었다.

"하."

말도 안 돼.

옆에 앉아 있던 도영도 상준과 비슷한 얼굴로 같은 말을 중얼거리고 있었다.

무작정 좋다기보다도 얼떨떨한 감정이 먼저 밀려왔다. 이게 꿈인지 현실인지. 환상인지 구분이 안 가는 느낌.

"꿈 아니지, 이거. 진짜 꿈 아니지?"

"아니라니까. 딱 써 있잖아. 탑보이즈 이름 여기에."

"…아, 나 진짜 믿기지 않아서 그래."

도영은 고개를 저으며 두 손을 모았다. 비교적 침착한 유찬의 어깨도 덜덜 떨리고 있었다. 도영은 유찬을 빤히 올려다보며 작게 중얼거렸다.

"진짜 자고 일어나면 다 사라져 버리면 어떡하지……."

"그럴 일 없다니까. 한 대 맞으면 꿈인지 자각이 될 거 같아?"

"어, 좀 때려봐… 아악!"

퍽.

괜히 유찬에게 맡겼다가 곡소리가 절로 나왔다. 도영은 억울하다는 듯 유찬을 노려보았다.

"때… 때려달라며."

"누가 그렇게 무식하게 때리랬냐!"

"무… 무식? 그건 너잖아."

"…뭐?"

또 싸운다.

저쪽에서 하도 시끄럽게 구는 탓에 이제 조금씩 정신이 선명해졌다.

"후."

그렇게 몇 분이 지난 뒤.

눈앞의 이 순위를 천천히 현실로 받아들이게 되자마자.

파도처럼 복잡한 감정들이 순식간에 몰려왔다.

세계적인 가수들의 사이에서 우뚝 설 수 있는 위치. 그 위치를 차트로 표현한다면 빌보드가 빠질 수 없을 터였다.

평생 동안 이룰 수 있을까 싶었던 탑 꼭대기에 올라선 기분이었다.

아주 잠깐의 운일지도 모르겠으나.

그 탑 꼭대기에 걸쳐 있는 것만으로도 상준에겐 크나큰 떨림이었다.

"나 전화 좀 하고 올게."

"…나도."

선우는 눈시울이 붉어진 채 자리에서 벌떡 일어났다. 그런 선우를 따라 도영 역시 자리에서 일어났다.

그동안의 노력이 보상받는 이 순간에 떠오르는 사람들.

바로 가족에게 전화를 걸기 위함이었다.

"어…… 봤어?"

멀리 떨어져 있는 거리임에도 덜덜 떨리고 있는 선우의 목소리가 들려왔다.

"나…… 1위 했어."

"……."

"어어. 빌보드 1위. 세계에서 1등 했어, 엄마 아들."

담담하게 말하려는 선우의 손이 여전히 떨리고 있었다.

"신기하지? 나도 진짜 신기한데. 막… 안 믿기고 그냥……."

선우는 옷소매로 눈물을 훔치며 울먹였다. 유찬과 도영의 상황도 그다지 다르지 않았다. 담담하게 이야기를 꺼내는 와중에도 감격에 차는지 몇 번이고 숨을 다시 들이켜는 둘이었다.

물론 모두가 그런 것은 아니었지만 말이다.

"집 가면 나 삼겹살……."

제현은 고기에 집착하며 두 눈을 열심히 굴렸다.

"아, 아니면. 1등 했으니까 소는 어때?"

제현은 열심히 눈치를 살피며 전화기를 붙들었다. 표정을 보니 저건 정말로 진심이다.

"어엉. 아니, 빌보드 1위 맞다니까. 기사 못 봤어? 하, 답답해."

제현은 머리를 긁적이며 중얼거렸다.

"내가 학교 다닐 때는 1등 못 했지만, 지금 전 세계에서 1등 먹었단 말야."

"아, 진짜 허세 아니라고."

아직 제현의 부모님은 소식을 전해 듣지 못한 모양. 제현은 억울한 표정으로 주머니에 손을 찔러 넣었다.

"아, 진짜 빌보드 1위라고. 폰보드 아니라고오!"

"어엉, 진짜라니까."

제현이 말하고 있는 와중에도 기사는 쏟아지고 있었다.

「탑보이즈 '일루전' 역대급 기록, 빌보드 1위 찍어」

「세계적인 톱스타의 발판에 서다, 탑보이즈의 성장 기록」

「'일루전' 세계를 사로잡다. 빌보드 1위 곡의 위엄」

—우리 애들 빌보드 1위라니 미친 거 아니냐구요 ㅠㅠㅠㅠㅠ

└엠마빨이라던 애들 다 나와봐 ㅋㅋㅋㅋㅋ

└ㄹㅇ 그때 까던 애들 다 나와야 함

└아니, 미친 데뷔한 지 얼마나 됐다고 빌보드 1위를 찍음?

└진짜 레전드인 듯 ㅋㅋㅋㅋㅋ

└와 ㅠㅠ 케이팝의 자랑! 탑보이즈 1위 축하해 ㅠㅠ

—무대 구성도 퍼포먼스도 노래도. 모두 좋았던 곡이라고 생각한다. 순수한 열정이 세계를 사로잡은 듯

└노래가 너무 좋아 ㅠㅠ

└이 곡을 울 애들이 작곡했다는 게 믿기지 않음 ㅇㅇ 진짜 천재 아님?

└상준이 상운이는 천재 맞지 ㅇㅇ

└미친 유전자네 ㄷㄷ

—얘네가 잘되니까 내가 다 기분이 좋다 ㅇㅇ 예전에 음방에서

애네 데뷔무대 봤을 때부터 잘될 줄 알았음 그냥 너무 열심히 하
고, 또 잘해서

ㄴ222222

ㄴ확실히 세상은 재능 있는 사람들을 놔두지 않아

ㄴ진짜 실력으로 올라온 느낌이지

ㄴ앞으로 더 잘됐으면

ㄴ세상을 빛내줘! 케이팝을 알려줘!

ㄴ꺄아아아아ㅏ아

순식간에 기사가 메인에 떴고 실시간검색어를 점령했다.

지금쯤이면 소식을 들었을 터였다. 상준은 미소를 지으며 휴
대전화를 들었다.

딸깍.

수신음이 끊어지자마자 익숙한 목소리가 귓가를 울렸다.

—형.

"봤어?"

—…당연하지.

수화기 너머의 목소리는 잔뜩 긴장해 있었다. 오히려 상준보
다도 목이 메는지 헛기침을 하는 소리가 들려왔다. 상준은 그런
상운의 목소리에 피식 웃음을 흘렸다.

무슨 말부터 꺼내야 할까.

한참을 고민하던 상운의 입에서 진심 어린 말이 흘러나왔다.

—그냥 좀 감사한 거 같아.

"그래?"

―내가 일어나서 이걸 볼 수 있다는 게.

상준 역시 비슷한 감정이었다. 빌보드 차트 1위라는, 평생의 기록에 오른 이날. 이걸 기억해 줄 가족이 곁에 있다는 게, 너무 감사하고 행복했다. 상준의 입가에 흐릿한 미소가 걸려 있었다.

울먹이던 상운이 힘겹게 한마디를 뱉어냈다.

―정상에 오른 거 축하해.

＊   ＊   ＊

좋은 소식은 거기서 끊이지 않았다.

「일루전」의 뮤직비디오는 너튜브 1억 뷰를 달성했고.

탑보이즈는 마침내 이사를 갔다.

"와, 여기가 새 숙소예요?"

요즘 들어 사생들이 집 앞까지 찾아오는 경우가 빈번한 터라, 겸사겸사 숙소를 이렇게 옮기게 되었다.

이전의 규모와 비교도 되지 않는 사이즈에, 문을 열어젖히자마자 감탄이 튀어나왔다.

"와아아악!"

도영은 그대로 소파 위에 몸을 던지며 소리를 내질렀다. 다섯 명이 들어갔을 때 꽉 찬 느낌이 들었던 이전 숙소와 달리, 들어오자마자 확 트이는 안정감이 느껴졌다.

"형, 침대 봐봐."

이전보다 훨씬 넓어진 이층 침대 세 개가 방에서 멤버들을 기다리고 있었다.

"어흑."

제현은 침대 위에 드러누우며 작게 중얼거렸다.

"너무 좋아서 이제 숙소에만 있으려 할 거 같아요."

"아, 나도."

"얘… 얘들아. 스케줄은?"

송준희 매니저의 한마디에 제현은 머리를 긁적이며 침대 위에 앉았다.

"일단 침대 위에서 생각해 볼래요."

"그러면 침대 위에서 들어."

송준희 매니저는 멤버들을 나란히 앉히고선 고개를 까닥였다.

"또 무슨 소식 있어요?"

도영이 가장 먼저 두 눈을 반짝이며 물었다. 최근에 연달아 좋은 소식만 들려와서일까, 송준희 매니저의 말을 기다리는 멤버들의 얼굴에는 은근한 기대가 서려 있었다.

"그래."

이번에도 좋은 소식이긴 했다. 새로 들어온 스케줄.

송준희 매니저는 의미심장한 눈길로 입을 열었다.

"빌보드 뮤직 어워드."

"…네?"

"너네 초청받았다."

*   *   *

미국의 4대 시상식.

그중 하나로 불리는 빌보드 뮤직 어워드는 전 세계 대중음악계에 막대한 영향력을 지닌 빌보드 차트에서 큰 성과를 거둔 아티스트들을 위한, 말 그대로 별들의 시상식이다.

그리고.

지금 탑보이즈는 그런 시상식의 레드카펫 위에 서 있다.

"와아아아아!"

"탑보이즈다!"

"와, 대박이잖아? 실물 장난 아닌데?"

"사진 찍어봐, 사진."

"이쪽도 봐주세요! 꺄아아아!"

찰칵.

사방에서 울려 퍼지는 셔터 소리가 귓가를 찢어놓을 거 같다. 수많은 시상식을 다녀봤지만 이만한 인파를 마주한 적이 있었던가.

"와."

상준은 주위를 둘러보며 입을 떡 벌리고 있었다.

"탑보이즈!"

"여기 봐주시면 안 될까요?"

"와, 저 친구들이 그 케이팝? 엠마랑 공연한?"

"이번 앨범 들었어?"

"들었지. 상 받을 수 있으려나?"

"그럴 거 같은데?"

1년 전이라면 이 자리에 오지도 못했겠지만, 지금의 탑보이즈는 상당히 유력한 수상 후보였다. 빌보드 차트 1위를 장악한 「일루전」의 가수이자, 엠마와의 콜라보 곡도 3위를 차지한 이력이 있었으니.

"과연 상을 받을 수 있을까?"

사실 케이팝에서 빌보드 차트 상위권에 오른다는 것 자체가 기적적으로 힘든 일이다. 기본적으로 해외 위주로 방송을 많이 뛸 수 없는 여건 탓에 페널티가 있는 것도 분명했지만, 아직은 케이팝에 대한 인식이 미국 내에 대중화되지 않은 것도 사실이었다.

그렇기에 이번 「일루전」의 성공은 해외 각지에서 관심을 끌어모았다.

"꺄아아아아!"

레드카펫을 밟을 때마다 함성 소리가 이어지고, TV에서나 봤던 유명 해외 가수들이 인사를 건네왔다. 상준은 얼떨떨한 표정으로 거듭 고개를 숙였다.

이들과 어깨를 나란히 하고 있다는 것.

그 자체만으로도 상준에겐 꿈만 같이 느껴졌다. 비슷한 감정을 느낀 건 다른 멤버들도 마찬가지였던 모양.

유찬은 두 눈을 끔뻑이며 작게 중얼거렸다.

"와, 저 사람. 진짜 유명한 래퍼 아니야?"

"미쳤다. 나 방금 악수했어……."

제현은 감동한 눈빛으로 자신의 손을 내려다보고 있었다. 의외로 팝송을 즐겨 듣는 제현에게 이곳은 좋아하는 아티스트들이 발에 채이는 꿈의 그라운드나 다름 없었다.

"이제 안 씻어야지⋯⋯."

"선우 형이 가만히 안 있을걸."

"⋯아."

거듭 고개를 숙이며 톱스타들 틈을 돌아다니던 그때.

"어?"

상준은 익숙한 얼굴을 보고선 손을 흔들었다.

"오, 탑보이즈!"

유창한 영어와 함께 밝은 미소로 자리에서 일어난 건 엠마 캐머런이었다. 「에피소드」의 대성공 이후 한동안 본 적이 없는데 이런 자리에서 마주하게 됐다.

엠마는 부드럽게 웃으며 탑보이즈를 안내했다.

"이쪽으로. 여기까진 어떻게 왔어?"

"오느라 죽는 줄 알았어요."

"예아. 미 투."

유찬의 유창한 영어 실력 사이에 도영의 헛소리가 끼어든다. 유찬은 도영에게 은근히 눈치를 주며 혀를 내둘렀다.

"가만히 있으라고!"

"아임 베리 굿 엣 잉글⋯⋯. 오, 하이!"

도영은 그새 다른 톱스타와 신나게 인사를 나누고 있었다. 그 사이, 상준은 엠마의 말을 이어 들었다.

"오늘 컴백 무대 있다면서."

아.

빌보드 뮤직 어워드에서 처음으로 선보이는 컴백 무대.

케이팝 가수로서 이런 기회가 주어진다는 것 자체가 이례적인 일이었다.

"네, 컴백 무대 있죠."

그 한마디에 아까까지 생글거리고 있었던 도영의 눈빛에도 은근히 긴장감이 맴돌았다. 「일루전」을 전 세계 사람들을 지켜보고 있을 시상식에서 선보일 기회.

"제대로 보여줘야죠."

상준의 두 눈이 불타오를 즈음.

"지금부터 빌보드 뮤직 어워드, 첫 번째 막을 올리도록 하겠습니다!"

"와아아악!"

함성 소리와 함께 사회자의 멘트가 울려 퍼졌다.

*　　　*　　　*

수많은 무대를 뛰며 깨닫는 사실이 있다. 연차가 쌓일수록 덜해질 줄 알았던 부담감은 서 있는 자리에 따라 새로운 부담감으로 바뀌어 버린다는 사실과. 사실 그 어떤 무대에서도 진심일 수밖에 없다는 사실.

"와아아아악!"

엠마 캐머런과 「에피소드」를 처음 선보였을 때. 이보다 심장이 더 빠르게 뛸 수 있을까 싶을 정도로 덜덜 떨렸었던 기억이 선명했다.

하지만, 그건 오늘이라고 다르지 않았다.

두 번째 무대임에도 여전히 진심이었고, 미친 듯이 떨렸다.

'준비됐죠?'

엠마의 눈빛이 그렇게 말하고 있는 거 같았다. 탑보이즈의 단독 컴백 무대를 선보이기 전, 이번 시상식에서 큰 관심을 불러온 것이 바로 탑보이즈와 엠마 캐머런의 협업 무대였다.

"엠마! 엠마! 엠마!"

"탑보이즈! 와아아아!"

"에피소드 시작한다. 와, 대박."

그걸 증명하듯 시상식 현장은 함성으로 가득찼다. 이 자리에 있는 수많은 인파들이 환호성을 내지르고 있지만, 상준은 알고 있었다.

끝이 보이지 않는 이 인파 외에도 전 세계의 사람들이 이 무대를 지켜보고 있을 것이란 걸.

미치도록 떨렸다. 근데 기분 좋은 떨림이었다.

엔도르핀이 온몸을 휘젓고 있었다.

"시작합니다아!"

"탑보이즈와 엠마 캐머런의 에피소드 무대! 큰 박수로 맞이해 주세요!"

"와아아아아!"

파악.

불꽃이 튀는 소리와 함께 어둠 속에서 탑보이즈가 튀어나왔다.

아까까지 덜덜 떨던 모습이라고는 믿기지 않는 자신감 넘치는 눈빛.

Show me a new story
너와 있을 때마다 자꾸만 떠오르잖아

무대 위를 뛰어다니는 다섯의 영혼들.

그들은 누가 뭐래도 행복해 보였다. 더 좋은 무대를 보여주기 위해 고군분투했던 모습은 이미 무대 속에 녹아 들어가 있었다.

지금은 그저 행복을 좇는 이들 같았다.

이 무대가 즐거워서. 너무 행복해서.

그렇게 뛰고 또 뛰는 사람들.

"꺄아아아!"

"떠오르잖아!"

한국 활동을 뛰느라 그새 무대 경험을 많이 쌓았기 때문이었을까, 쇼케이스 때와는 달리 무대가 꽉 차 보였다.

알록달록한 이 세상 속 신기한 일들
마치 이 드라마의 주인공이 되어버린 것처럼
네 앞에선 자꾸 특별해져

상준은 엠마와 시선을 교환하며 싱긋 웃었다.

You've come a long way
Through that road
Across the river
Through the city

그녀의 노래에 화음을 넣는 것조차 너무 자연스럽다. 무대를 즐기는 상준의 눈빛이 카메라에 고스란히 담겼다.

　"와아아악!"

　이름 모를 신인에 불과하다며 탑보이즈를 깎아내리던 시선은 이제 없었다. 빌보드 1위 가수. 역대급 음원 성적을 낸 아티스트만이 이 자리에 남아 있을 뿐이었다.

　"어떻게 신인이 저렇게 하지?"

　"라이브 무대가 장난 아니라더니, 진짜구나."

　탑보이즈의 실력은 방청객들이 혀를 내두르게 하기에 충분했다. 절도 있는 동작, 그 와중에도 흔들리지 않는 라이브. 무대 매너까지도 완벽했다.

　"꺄아아아!"

　"탑보이즈! 탑보이즈! 탑보이즈!"

Show me a new story
너와 있을 때마다 자꾸만 떠오르잖아

　상준은 마이크를 넘기며 관객들과 소통했다. 그들의 입에서 노래 한 소절이 흘러나올 때마다 사방에서 탄성이 터져 나왔다.

It's like a scene in a drama

　한 치의 흔들림 없는 탄탄한 고음. 상준이 내지르는 클라이맥

스에 무대 아래의 관객들은 순간 소름이 돋았다. 격한 안무를 보여주는 와중에도 어떻게 저런 가창력이 나온단 말일까.

「신이 내린 가창력」.

거기에 더해진 지난 시간들의 연습은 결코 무시할 수 있는 수준이 아니었다.

"미쳤다, 미쳤어."

에피소드의 마지막 소절이 끝이 났을 때, 엠마 캐머런과 시선을 교환한 상준은 직감적으로 알았다.

"후."

방금 혼신의 힘을 쏟은 무대가 이 수많은 관객들의 마음을 홀라당 빼앗아 버렸다는 것을.

"와아아아!"

"탑보이즈! 탑보이즈! 탑보이즈!"

목청을 높여 탑보이즈를 부르는 전 세계의 관객들.

상준은 무대 위에서 그들을 내려다보며 속으로 중얼거렸다.

'오늘도 너무 잘해 버렸잖아……?'

*　　　　*　　　　*

빌보드 뮤직 어워드의 열기는 이미 후끈 달아올라 있었다.

엠마 캐머런과 탑보이즈의 「에피소드」 무대를 따라 열창하는 관객들이 대부분이었고, 그중에는 기립 박수까지 친 사람도 있었다.

흠잡을 것 없었던 무대.

하지만, 이제는 달아오른 이 무대를 한층 더 끓여놓아야 한다. 전원이 일어서서 박수 칠 만한 그런 무대를.

'빌보드의 역사를 세우자.'

그런 패기로 이 자리를 찾았다.

언제 다시 한번 설지 모르는 무대다. 그만큼 간절했고 자신 있었다.

"무대 즐거우신가요?"

"꺄아아아아!"

"네에에!"

마이크를 손에 쥐기만 해도 엄청난 환호성이 돌아온다.

"그런가요!"

"앵콜! 앵콜! 앵콜!"

마치 콘서트 현장에 온 것만 같았다. 수많은 톱스타들과 그들의 팬이 자리하고 있는 시상식이지만, 방금 전의 무대를 보고선 모두들 한마음으로 탑보이즈를 응원하고 있었다.

무대로 사람들을 사로잡는 아이돌이다.

엠마 캐머런과의 역사적인 두 번째 콜라보레이션 무대가 막을 내렸으니, 이제는 탑보이즈의 컴백 무대를 펼칠 차례였다.

케이팝 역사상 컴백 무대를 이곳에서 펼친 가수는, 탑보이즈가 아마 처음일 터였다.

그 무거운 발걸음을 천천히 뗀다.

"와아아아아아악!"

화려한 조명 아래에서, 탑보이즈의 「일루전」 무대가 시작됐다.

　　　　*　　　　　*　　　　　*

"최고의 무대였어."

"감사합니다."

"아래서 보고 감탄했다니까요. 정말입니다."

독특한 와인색의 양복을 걸쳐 입은 남자가 엄지손가락을 치켜들며 다가왔다. 그를 한눈에 알아본 제현이 한국말로 상준의 귓가에 대고 속삭였다.

"브라이언."

"아."

영국의 유명 래퍼 브라이언. 무려 빌보드 1위를 다섯 번이나 찍어본 가수가 눈앞에 서 있었다. 탑보이즈의 무대에 얼마나 깊은 감명을 받았는지를 논하면서 말이다.

"브라이언 무대도 기대할게요."

"좋아요. 확실히 엎어버리고 오죠."

독특한 의상만큼이나 억양도 독특했다. 그는 자신감 넘치는 멘트를 치고선 상준을 향해 물음을 던졌다.

"상 욕심 있어요?"

"상이요?"

톱 소셜 아티스트상 후보에 올라 있었긴 했다. 상대가 워낙 쟁쟁한 가수라는 점이 걸렸을 뿐. 상준은 피식 웃으며 천천히 고개를 끄덕였다.

"없다고는 못 하겠습니다."

"저희가 야망이 넘쳐서요."

유찬이 악수를 건네며 말을 더했다. 브라이언은 탑보이즈의 솔직한 태도에 너털웃음을 터뜨렸다. 그가 보기에도 탑보이즈의 실력은 상당했다. 10여 년이 넘는 경력의 가수들과 있어도 전혀 밀리지 않는 당돌함과 여유. 사실 놀라울 따름이었다.

"그런 거 같더라고요."

브라이언은 고개를 끄덕이며 부드럽게 미소를 지어 보였다.

"좋은 결과 있기를 빕니다."

그러고선 기분 좋은 웃음으로 손을 흔들며 멀어졌다.

그리고.

그 이후에도 탑보이즈에게 다가오는 가수들은 끊이질 않았다.

"일루전 너무 좋게 봤어요."

"평상시에도 팬이에요. 항상 노래 잘 듣고 있어요."

"와우, 탑보이즈를 여기서 보네요. 반가워요. 잘 부탁드려요!"

새삼 실감이 났다.

모든 무대를 끝내고 나니 한층 더 지금의 현실이 확실하게 다가왔던 것이다. 세계적인 스타들과 함께하고 있다는 놀라운 이 현실이.

하지만, 놀랄 일은 거기서 끊이질 않았다.

"아, 떨린다."

하나둘씩 이번 시상식의 상들이 발표되고.

마침내 탑보이즈가 후보로 올라 있는 톱 소셜 아티스트상의 차례가 다가왔을 때.

그때가 되어서야 이 현장에 와 있다는 것이 뼈저리게 느껴졌으니까.

"빌보드 뮤직 어워드, 톱 소셜 아티스트 부문 시상하도록 하겠습니다."

양복을 갖춰 입은 사회자가 중후한 목소리로 입을 열었다. 그와 동시에 침묵이 시상식장 위를 감돌았다. 상준은 두 손을 모은 채 깊은 한숨을 내쉬었다.

"하아."

"기대 안 한다면서 왜 그렇게 떨어."

선우는 상준의 어깨를 토닥이며 말했다.

"너는 안 떨려?"

"아니, 떨리네."

애써 침착한 듯 말해보지만 선우의 눈꺼풀 역시 미세하게 떨리고 있었다. 상준은 정신없이 뛰어대는 심장 소리를 들으며 두 눈을 질끈 감았다.

'이러다가 심장 튀어나오는 거 아냐?'

정말 그런 생각이 들 정도로 귓가에서 울려 퍼지는 심장 소리. 손에서는 식은땀이 나고 있었다. 이렇게 간절하게 바랐던 적이 있었을까.

"제발."

"톱 소셜 아티스트 부문 수상자는……."

두구두구두구.

긴박감 넘치는 분위기 속에서 멤버들의 숨소리만이 들려왔다.

그 와중에도 관객석에서는 작은 목소리로 저마다 추측을 내놓고 있었다.

톱 소셜 아티스트상.

이번 연도의 수상자는 누구일까.

"이번에는 브라이언 아닐까?"

"탑보이즈도 가능성 있을 거 같은데."

"글쎄. 케이팝 가수가 저 상을? 받기 힘들지 않을까?"

"일루전 성적 좋았잖아. 에피소드도."

"흐으으음."

허공에 달린 거대한 스크린이 후보들의 얼굴을 번갈아 비추었
다.

상준은 다시 한번 두 손을 모으고 기도했다.

"수상자는……."

"……."

그리고.

얼마 동안의 정적이 이어졌을까.

반가운 이름이 사회자의 입에서 튀어나왔다.

"탑보이즈입니다!"

와아아악.

순식간에 시상식장을 메우는 환호성.

"탑보이즈! 탑보이즈! 탑보이즈!"

그 엄청난 응원 속에서.

'뭐야.'

상준은 얼떨떨한 표정을 감추지 못했다.

*   *   *

「탑보이즈, 케이팝 아티스트 최초 빌보드 어워드 수상」

「탑보이즈 톱 소셜 아티스트상 수상, 케이팝의 저력」

「탑보이즈 '일루전' 아이튠즈 차트 120개국 1위」

—나는 우리 애들이 해낼 줄 알았다 ㅠㅠ 너무 자랑스럽다

└케이팝의 자랑!

└빌보드 1위 빌보드 어워드 수상자 탑보이즈!!!

└이걸 살아서 보다니 ㄷㄷ 너무 감격스럽다

—빌보드 어워드 무대 봄? 상을 안 줄 수가 없더라

└에피소드 무대도 미쳤고 일루전 무대도 미쳤었음

└진짜 이게 신인인가 싶다

└이제는 신인도 아니지 강철 신인인 듯 ㅋㅋㅋㅋㅋㅋ

└와아아아아! 온탑이 많이 사랑해 ㅠㅠ

—탑에 오르고 싶다고 해맑게 말하던 데뷔 때의 애들이 떠올라 ㅠㅠ 정말 정상에 올랐구나 너네는 그 누구보다 멋있게 빛나더라! 언제든 그 높은 곳에서 온탑을 위해 빛나줄래

└ㅠㅠㅠㅠㅠㅠ

└내가 하고 싶은 말

└항상 힘이 되어주는 가수

빌보드 뮤직 어워드에서 톱 소셜 아티스트상을 수상했다는 소식은 기사로 뿌려져 각종 사이트의 메인을 차지했다. 빌보드 1위를 했던 저력답게 어느 정도는 예상했던 결과였지만 반응은

어마어마했다.

케이팝의 선두를 이끌 가수로 평가되고 있었고, 이미 공항에
서부터 수많은 인파가 기다리고 있었다. 기자들부터 팬들까지.

이전과는 비교도 되지 않을 정도의 관심이 탑보이즈에게 쏠려
있었다.

하지만.

"와아아악!"

"이거 잡아봐."

"야, 차도영 어디 갔어."

그 소박함은 어디 가지 않았다.

탑보이즈가 한국에 귀국한 지 겨우 이틀째 되었을 뿐이지만,
오늘도 멤버들은 스케줄 외의 일로 사뭇 분주했다.

"풍선 달아."

"푸하. 나 폐활량이 딸리는 거 같아."

"그러게. 형이 담배 피우지 말랬잖아."

"나, 안 피……."

"마저 불어."

"네엥."

헥헥.

제현은 숨이 넘어가라 풍선을 불고 있고.

"아아악!"

팡.

도영은 실수로 풍선을 터뜨려 놓고선 호들갑을 떨고 있다.

"야, 빨리들 준비해. 매니저님 오신다고."

"하, 망했다. 진짜."

이렇게들 난리가 난 이유는 하나였다.

"설치해, 빨리!"

오늘은 송준희 매니저의 생일이었다.

제4장

울려 퍼지다

탑보이즈의 데뷔 때부터 지금까지, 무려 3년간 그들을 지극정성으로 챙겨줬던 송준희 매니저였다. 아무것도 모르던 신인 시절부터 함께했으니 생일이나마 뜻깊게 챙겨주고 싶었다.

"으음. 뭐가 좋을까?"

처음 송준희 매니저의 생일 파티를 기획했을 때, 기상천외한 의견들이 끊이질 않았다. 자본주의의 노예 유찬은 그다운 멘트를 뱉었다.

"헨젤과 그레텔 알지?"

"아, 헨들과 그레텔……."

"아니, 그거 말고."

헛소리를 하는 제현을 무시하고서 유찬이 내놓은 아이디어는 참으로 신박했다.

"과자 가루는 너무 싸잖아."

"그치."

"숙소 올라오는 길에 상품권을 뿌려서……."

경찰에 신고 들어올 거 같은데.

"매니저님이 좋아하시긴 할 거 같네."

사실 좀 많이 좋아하실 거 같다. 유감스럽게도 안정성과 화제성 면에서 가장 먼저 내쳐진 계획이었지만.

그다음으로 의견을 내놓은 건 도영이었다.

"매니저님이 좋아하는 명언 하나 있잖아."

"명언?"

"우리 매일 픽업하러 오실 때마다 하시는 말."

꾸물거리며 골골대는 탑보이즈에게 송준희 매니저가 허구한 날 던지는 명언이 있었다.

시간이 금이다.

"금을 선물드릴까?"

"아."

상준은 두 눈을 반짝이며 고개를 끄덕였다.

"시간보다는 금을 더 좋아하실 거 같긴 하네."

"맞지? 맞지?"

"아니, 왜 다 물질적이야. 우리 매니저님은 그런 분이 아니라고."

"제현아, 돈을 싫어하는 사람은 없어."

"금도."

속물적이라는 제현의 의견에 의해 다시 이야기는 원점으로 돌아갔다. 그나마 정상적인 선우가 내놓은 의견은 다음과 같았다.

"케이크랑 편지 낭독."

"아, 식상해."

"공감."

오직 상준만이 선우의 의견에 고개를 끄덕이고 있었다.

"훈훈하군……."

"그렇지? 봐봐, 맞다니깐."

"…둘 다 올드해."

맏형 라인은 제현의 팩폭에 두 눈을 끔뻑였다.

올드하다니. 차마 부정할 수 없었던 상준이 멍하니 앉아 있던 순간, 도영이 그 사이에서 결론을 도출해 냈다.

"케이크를 주긴 주는데. 좀 색다르게 주는 건 어떨까?"

스윽.

가령 천장에서 천천히 내려온다든가.

"오."

"괜찮은데?"

머릿속으로 이미지를 그린 상준은 두 눈을 크게 떴다. 도영답지 않게 근사한 의견이었기 때문이었다.

"근데 만들 수 있겠어?"

"제현아."

막대 사탕 막대로 미니어처를 만들 정도로 손재주가 좋은 제현이 있다.

제현은 탑보이즈 숙소의 천장을 천천히 훑어보며 고개를 끄덕였다.

"할 수 있을 거 같은데?"

"아아아악! 힘들어! 힘들어!"

"그냥 파티 룸을 대관하자니까. 무슨 숙소에서 이런 뻘짓을……."

완벽한 계산 아래 진행된 계획이라고 생각했으나 막상 당일이 되니 후회가 밀려온다. 일일이 풍선 하나하나를 붙이는 것도 여간 힘든 일이 아닌 데다, 가장 큰 관건은 깜짝 케이크 파티였다.

"하늘에서 케이크가 내린다면……."

"맞으면 골로 갈 거 같은데. 일반적으로 판단했을 때 하늘에서 떨어지는 거면 속도가……."

유찬은 그 와중에도 현실적인 얘기를 하며 제현의 동심을 부숴 버렸다. 제현은 인상을 찌푸리며 줄을 마저 설치했다.

"대강 된 거야?"

"이 줄을 당기면 케이크가 떨어지긴 할 건데."

대롱대롱.

케이크가 아슬하게 천장에 매달려 있다.

제현의 말에 따르면 줄을 당겨서 케이크를 타이밍 좋게 떨어뜨리는 구조라는데.

"이게 내려온다는 거지? 훅 하면?"

"아아, 만지지 마."

"알았어."

제현은 혹시나 도영이 줄을 당길까 봐 노심초사하는 기색이었다. 줄을 당기는 건 도영 담당이 되었다.

"선우랑 나랑 앞에서 관심을 끌 테니까. 그때 줄 천천히 당겨. 알았지?"

"오케이!"

탑보이즈가 그린 그림은 그랬다.

송준희 매니저가 별생각 없이 숙소에 들어오면 단체로 노래를 부르며 천천히 케이크를 내리는 것.

"감성적이야……."

누가 낸 의견인지.

멤버들은 단체로 자화자찬을 하며 분주한 준비를 마쳤다.

그때였다.

계속 창밖을 내다보고 있던 유찬이 다급히 멤버들을 불렀다.

"오신다, 오신다!"

"뭐야, 벌써 도착했어?"

창밖으로 익숙한 얼굴이 눈에 들어왔다. 지금 막 도착한 모양. 탑보이즈는 목소리를 낮춘 채 살금살금 자리를 잡았다.

쿵쿵.

아래층에서 계단을 올라오는 소리가 울려 퍼졌고.

"왔다."

도영의 나지막한 말 한마디와 함께.

띠리링.

문이 열렸다.

*   *   *

"와아아아악!"

"생신 축하드려요!"

그와 동시에 터져 나오는 함성.

"…어?"

아무 생각 없이 문을 열어젖혔던 송준희 매니저는 놀란 눈으로 멈춰 섰다. 아직 위에 설치된 케이크를 보지 못한 상태로, 송준희 매니저는 천천히 입을 뗐다.

"뭐야."

"와아아아! 다들 뭐 해, 노래 불러!"

"생일 축하합니다! 생일 축하합니다!"

얼떨떨했다. 스케줄 픽업을 위해 숙소에 도착했을 때만 해도 이렇게 생일 파티를 준비했을 거라고는 상상조차 못 했으니까.

해외 스케줄이 연이어 생기면서 정신없이 바빴던 건 송준희 매니저 역시 마찬가지였다. 하루 서너 시간이라도 잠을 자면 다행이었다. 시차 적응도 덜 된 상태에서 국내 광고와 화보 촬영 스케줄을 따라다니다 보니, 설령 열정이 있다 해도 지치는 순간들이 있었다.

하지만, 한 번도 내색할 수 없었다.

그건 탑보이즈 친구들 역시 마찬가지였으니까. 잠잘 시간까지 줄여가며 연습을 하던 마당에 이렇게 시간을 내어 생일 파티를 준비해 줄 줄은 상상조차 못 했다.

'제대로 쉴 시간도 없었을 텐데.'

감동이다.

"……."

"울지 마! 울지 마!"

울지는 않았지만 순간 울컥했던 것도 사실이었다.

송준희 매니저는 흐릿한 미소를 지으며 한 걸음 앞으로 다가왔다.

"이야, 어떻게 이런 걸……. 진짜 고맙다."

방 안 가득 붙어 있는 풍선들을 확인하고선 흐뭇해진 송준희 매니저.

그때, 벽에 붙어 서 있던 제현이 도영에게 눈짓을 건넸다.

'지금 이 타이밍이야!'

저벅.

송준희 매니저가 웃으며 문지방을 넘으려던 순간.

"…간다."

패기 넘치게 줄을 당기고만 도영.

그런데.

펵.

"…응?"

힘 조절을 잘못했던 걸까.

원래는 스르륵 내려왔어야 했을 케이크가…….

"매니저님!"

"…괜찮으세요?"

"으_으응……?"

송준희 매니저의 머리 위로 사뿐히 떨어졌다.

"…눈앞이 달달한데……?"

"매, 매니저님!"

<pre>   *   *   *</pre>

"역시 머리를 맞으시더니……."

송준희 매니저 머리 위에 살포시 내려앉은 생크림 케이크. 송준
희 매니저는 처음에는 당황하더니 이내 현실을 받아들이고 있었다.

"제현아, 딸기 먹을래?"

"네엥."

원래는 케이크 위에 있었던 딸기 하나를 머리 위에서 뽑아서
건네준다.

"…저게 뭐야."

눈사람도 아니고.

"맛있긴 하네."

"저런."

상준은 한숨을 내쉬며 두 눈을 감았다. 유찬은 깜짝 이벤트를
해맑게 말아먹은 도영에게 한숨을 내쉬며 잔소리를 이어갔다.

"너는 그렇게 팍 당기면 어떡해."

"그 타이밍에 매니저님이 갑자기 들어올 줄 몰랐지."

"괜찮아, 괜찮아."

"그 꼴로요?"

본인은 괜찮다지만 비주얼은 그다지 안 괜찮아 보였다.

송준희 매니저는 새하얀 생크림에 파묻힌 채로 소파에 앉아
있었다.

툭.

"아악!"

이따금씩 떨어지는 생크림을 치우는 건 청결 선우의 몫이었다. 선우는 곡소리를 내며 물티슈를 들고 와 바닥을 닦고 있었다.

"어쨌든 고맙다."

"아, 내 말대로 했어야 했다니깐. 헨젤과 그레텔."

"그건 또 뭐야?"

"상품권 여러 장 사서 이 앞에서부터 뿌려놓으려 했단 말이죠."

"어휴, 저 자본주의."

감성이 없잖아, 감성이.

선우와 제현이 혀를 내두르며 한숨을 내쉬었지만……

"…그거 좋다."

송준희 매니저는 몹시 아쉬워 보이는 눈치로 멤버들을 돌아보았다.

"네?"

"어엉? 아니야, 됐어. 포도도 맛있네."

우물우물.

상품권이 없으니 이거라도 맛있게 먹어야겠다. 송준희 매니저는 반쯤 포기한 눈으로 청포도를 주워 먹었다.

"…차라리 비싼 케이크를 하나 사드릴게요."

"그래, 금가루 좀 뿌려줘라."

송준희 매니저는 투덜거리며 말을 더했다.

"대신 머리에 뿌리진 말고."

쿨럭.

말은 그렇게 해도 깜짝 이벤트에 상당히 감명 깊었던 모양이었다. 송준희 매니저의 눈빛에서 묘한 뭉클함이 읽혔다.

"언제 이렇게 컸을까나."

처음 만났을 때만 해도 방방 뛰어다니는 해맑은 애들이라고 생각했었다.

"차마 밖에 내놓기 부끄러웠는데……."

"네?"

"아, 아니야."

자신을 빤히 바라보고 있는 탑보이즈의 시선을 피하며, 송준희 매니저는 웃으며 손사래를 쳤다.

"처음 만났을 때도 참 흐뭇했다고."

"아하."

"톱스타가 될 거라고 생각했어. 내가 사람 보는 눈이 참……. 좋더라고."

"크으, 역시."

이걸 또 믿는다.

도영은 잔뜩 상기된 얼굴로 주머니에서 무언가를 꺼냈다.

"그래도 제가 매니저님 생각해서 선물도 따로 준비했거든요."

혹시 상품권?

송준희 매니저의 두 눈이 다시 반짝였다.

"요새 매니저님이 좀 피곤하신 거 같아서……."

"어어, 그치."

"또 촬영 대기 시간 길어지시면 심심하시잖아요."

송준희 매니저는 얼떨떨한 표정으로 고개를 끄덕였다. 일단 다 맞는 소리긴 한데, 도통 도영의 손에 들려 있는 선물의 정체를 모르겠다.

　작고 반짝이는 거라면 뭐든지 다 좋을 텐데.

　그렇게 생각하고 있던 순간.

　"짜잔."

　"와아아아아!"

　도영이 해맑은 미소를 지으며 선물을 내밀었다.

　"응?"

　작고 조그마한 무언가. 어렸을 때나 봤을 법한 게임기가 도영의 손에 들려 있었다. 송준희 매니저가 두 눈을 끔뻑이는 사이, 도영의 쓸데없는 설명이 이어졌다.

　"두더지잡기라고."

　"으응……?"

　"대기하느라 심심하실 때 하나씩 잡고 계시면……."

　삐리리.

　전원 버튼을 누르자마자 신나는 BGM이 흘러나온다. 도영은 어깨를 들썩이며 말을 더했다.

　"두더지를 잡자! 두더지를 잡자!"

　"워후!"

　"신나죠? 신나죠?"

　"…어. 신난다."

　짝짝짝.

　송준희 매니저는 박수를 치며 도영의 선물을 받아 들었다.

　"저도 선물 준비했어요!"

　그다음은 유찬이었다.

"저는 뭐가 좋을까 생각하다가. 먼지떨이요."

"먼… 먼지떨이?"

"저희 차에 먼지가 좀 쌓인 거 같아서. 실용적인 선물로다가."

하하.

쓸데없이 실용적이다.

"나더러 청소하라는 거지?"

"……!"

"니들부터 털어도 돼?"

여기 거대한 먼지들이 너무 많아서.

송준희 매니저는 먼지떨이를 집어 들고선 가까이 있는 유찬에게로 향했다.

"아아악!"

먼지 나게 얻어맞은 유찬은 저 멀리로 피신한 상태.

이쯤 되면 다음 선물은 기대조차 되지 않는다. 그나마 쓸 만한 선물을 가져온 건 선우.

"과자 박스예요. 필요할 때 드세요."

"와아아아!"

여기에 제현의 정성 어린 미니어처와 손 편지까지.

'…내가 혹시 유치원 선생님으로 취직한 건 아니겠지?'

제현이 직접 그린 손 편지를 내려다보며 송준희 매니저는 진지한 고민에 빠졌다. 마지막으로 남은 것은 상준.

"저는 진짜 보잘것없는 선물이긴 한데……."

"괜찮아. 너희들의 마음만으로 충분한걸."

'차라리 마음만 줬어도 충분했을 건데.'

송준희 매니저는 미소를 지으며 고개를 끄덕였다.

이미 앞에서 기대치를 많이 낮춰놔서 별다른 기대도 없다.

"뭔데?"

"진짜 기대 안 하셔도……. 워낙 가볍고 부피도 작은……."

상준이 주머니에서 새하얀 봉투 하나를 꺼냈다.

"현찰로 준비했습니다."

"……!"

묵직한 한마디에 모두의 시선이 상준에게로 쏠렸다.

"야, 너… 너는!"

송준희 매니저는 자리에서 벌떡 일어나 상준을 덥석 끌어안
았다.

송준희 매니저 머리 위에서 흔들리는 딸기를 따라, 진심 어린
한마디가 흘러나왔다.

"너……. 이제 보니 참 괜찮은 아이구나."

"그렇죠?"

"고맙다!"

감동적인 한 장면.

그걸 지켜보고 있던 제현이 막대 사탕을 우물거리며 중얼거렸다.

"…실망이야."

*   *   *

"현… 찰?"

"현차아아알?"

악 시끄러워.

상준은 귀를 막으며 도영의 말을 흘려들었다.

"언제는 케이크와 편지 낭독이 훈훈하다고 해놓고선 현찰을 줘?"

"이것이 사회생활이란다, 동생들아."

도영은 황당하다는 눈빛을 보냈고, 옆에 앉아 있던 제현은 열심히 뭔가를 끄적이고 있었다. 분명 또 무서운 말을 쓰고 있을 게 뻔했다.

"뒤통수치기… 메모……."

"이상한 거 메모하지 말고, 제현아."

"상준이 형은 배신자야."

며칠째 고통받고 있다. 상준은 시무룩한 얼굴로 고개를 푹 숙였다.

"배신자… 배신자."

"그런 의미에서 너 좋아하는 막대 사탕 챙겨 왔는데."

"……!"

"콜라 맛."

효과는 굉장했다.

제현은 해맑게 웃으며 상준의 손에 들린 막대 사탕을 바로 낚아채 갔다.

"아, 맛있다."

워낙 단세포인 제현이 홀라당 넘어가는 데에는 그다지 오랜 시간이 걸리지 않았다.

배신자라고 메모되어 있던 메모지에도 든든한 형으로 이미지가 바뀌어 있었다.

"어휴, 저 단세포."

그걸 지켜보고 있던 유찬은 황당함에 혀를 내둘렀다. 가만 보면 다섯 명 중에서 가장 다루기 쉬운 녀석이다. 제현은 화내던 게 언제였나 싶을 정도로 해맑게 막대 사탕을 물고 있었다.

그때였다.

끼이익.

"어?"

"실장님!"

조승현 실장이 문을 열고 들어왔다.

오늘은 긴히 전할 소식이 있다 해서 회의실에 모인 멤버들이었다.

"어, 안녕하세요."

기존에 있던 수업까지 빼고 이렇게 모였으니 분명 중요한 얘기일 텐데. 상준은 의아한 눈길로 조승현 실장을 응시했다. 다른 멤버들도 마찬가지였다. 도영이 손을 들고선 눈짓을 보냈다.

"무슨 일로 모인 거예요?"

"아."

도영의 물음에 조승현 실장은 휴대전화를 내려놓으며 자리에 앉았다.

끼이익.

의자를 끌어당긴 조승현 실장은 진지한 얼굴이었다.

"섭외가 하나 들어와서. 너네 의견 들으려고."

"아하."

JS 엔터는 기본적으로 스케줄을 강요하는 스타일이 아니었다. 지금의 기세를 유지할 때 무리한 수준으로 스케줄을 잡으려고 하는 소속사도 있겠지만 JS 엔터는 그렇지 않았다.

조승현 실장의 성향도 비슷했다.

'너네 스케줄이잖아.'

나가기 싫은 건 나가지 않아도 좋다는 소리. 하지만, 웬만해서는 탑보이즈가 싫어할 만한 스케줄을 잡아 오진 않았다. 자신만만한 태도를 보아하니 이번에도 비슷한 거 같았다.

'좋은 일인가?'

상준은 의자에 등을 기댄 채 두 눈을 반짝였다.

"무슨 섭외예요?"

"곡을 하나 만들어줬으면 하는데."

곡이라니.

곧바로 상준에게 시선이 쏠렸다. 도영은 웃음을 터뜨리며 갑자기 박수를 쳤다.

"이야, 개복치 작곡가님!"

"워후, 또 명곡 탄생시키는 건가요?"

"왜 그래."

도영과 유찬의 호들갑에 상준은 손사래를 쳤다. 개복치 작곡가로 입지를 굳히면서 곡을 만들어달라는 제안이 이따금씩 들어오긴 했다.

하지만, 오히려 그런 제안은 조승현 실장이 더 난색을 표했다.

JS 엔터의 다른 가수라면 모를까, 가뜩이나 바쁜 스케줄에 부담을 지워주는 걸 좋아하지 않아서였다.

그렇다는 것은.

"저희가 불러요?"

"그렇지?"

조승현 실장은 볼펜을 돌리며 고개를 끄덕였다. 정식 앨범 활동이 아니라 다른 제안이라니. 제현은 흥미로운 눈길로 입을 열었다.

"OST인가?"

"헉, 우리 드라마 OST 불러요? 어디 건데요? 유명해요? 저… 혹시 특별 출연?"

"그 연기로? 양심 가출했냐."

"죽을래?"

교과서 연기의 표본 차도영은 부들대며 유찬을 노려보았다. 아무래도 팩트가 너무 아팠던 모양이다. 조승현 실장은 허구한 날 싸워대는 둘을 떨어뜨려 놓으며 진정시켰다.

"그런 거 아니야."

드라마 OST도 아니라면.

"광고 노랜가."

그쪽은 한 번도 해본 적이 없는데.

상준이 턱을 괸 채 고민에 빠지자 조승현 실장이 말을 이었다.

"그것도 아니야. 그런 거보다도 좀 더 의미 있는 기회……?"

"의미 있는 기회라면."

전혀 감이 안 잡히는데.

제현이 눈을 굴리며 그럴싸한 해답을 찾아내고 있던 순간.

조승현 실장의 입에서 폭탄 같은 한마디가 튀어나왔다.

"월드컵 응원가."

"…네?"

"너네한테 월드컵 응원가 불러달래."

월드컵 응원가를요?

＊　　　　　＊　　　　　＊

단언컨대 열정을 지우고 무대에 올라선 적은 단 한 번도 없었다. 매 순간이 열정이었고 진심이었다.

이 제안을 처음 받아들였을 때, 상준의 머릿속에 가득 찬 한 단어는 바로 '열정'이었다.

"후."

거절할 수 없는 제안이었다. 월드컵에 울려 퍼질 응원가를 제 손으로 만든다는 것은 두 번 다시 오지 않을 기회였으니까. 어쩌면 월드컵 시즌 동안 한 나라를 대표하는 곡이 될 수도 있다.

무거운 책임감이 상준의 어깨를 짓눌렀다.

하지만, 이전과는 달랐다. 무겁긴 하지만 그와 동시에 설렌다.

그 엄청난 곡을 자신의 손으로 만들 수 있다는 사실이.

「21세기의 베토벤」.

상준은 확신이 있었다. 반드시 최고의 곡을 만들어낼 수 있으리라는.

'할 수 있어.'

상준은 머릿속으로 그라운드를 상상했다.

함성을 지르는 사람들, 진심을 다해 뛰는 선수들. 어쩌면 그곳도 무대와 크게 다를 것이 없었다.

"이건 왜?"

벌컥―.

문을 열어젖힌 유찬이 축구공을 들고 들어왔다. 상준의 부탁이 있어서였다.

툭.

"어후."

"이게 있으면 영감이 막 떠오르나?"

상준은 유찬이 던진 축구공을 건네받으며 피식 웃음을 흘렸다. 정확히 말하면 그 의도는 아니긴 했지만 대강 비슷했다. 상준은 집중한 채 축구공을 작업실 바닥에 내려놓았다.

"후우."

"진짜 뭐 하는 거야?"

한마디도 안 하고 바닥의 축구공만 노려보고 있으니 답답해진 유찬이 먼저 말을 걸었다. 상준은 옆에 서 있는 사람이 도영이 아니라 유찬임에 감사했다. 도영이라면 진작에 무슨 일이냐면서 이 작업실을 뛰어다닐 게 뻔했다.

"상상."

상준은 심호흡을 하며 한마디를 뱉었다.

거짓말이 아니었다. 상준은 축구공을 내려다보며 무대를 세우고 있었다.

'그라운드.'

노래를 만들 때 놓치지 말아야 하는 것은 무대다.

이 곡이 빛을 발할 무대. 상준은 그라운드 위에 축구공을 세워놓고 고민에 빠졌다.

'어떻게 그려야 할까.'

그 열정을 고스란히 담을 방법은 무엇일까.

듣기만 해도 가슴이 벅차고 설레는 노래를 만들고 싶었다. 그게 응원가니까.

힘을 전해주는 노래. 그런 노래가 미치도록 만들고 싶어졌다.

"…됐다."

그라운드 위에 악기를 올리고, 관객들의 함성을 코러스로 깐다. 거기에 역동적인 드럼 비트. 마지막으로 쉽게 기억될 법한 익숙한 멜로디까지.

"형?"

상준은 홀린 듯 모니터 앞으로 향했다.

머릿속의 구상은 끝났다. 이제는 그 그림을 그대로 옮길 차례.

"허억… 헉."

잠시도 쉬지 않았다. 물 한 모금도 마시지 않고 건반에 멜로디를 찍어내는 상준에, 옆에서 지켜보고 있던 유찬은 혀를 내둘렀다.

상준의 손끝에서 월드컵 당일의 장면이 펼쳐졌고, 사람들의 함성 소리가 만들어졌다.

'다… 된 건가?'

그렇게 몇 시간이 지났을까.

상준은 뻐근한 어깨를 주무르며 건반에서 손을 뗐다. 빼곡한 트랙들이 모니터를 가득 메우고 있었다.

한 치의 오차도 없이 상준이 그린 대로 만들어진 트랙들.

"하."

상준은 만족스러운 미소를 지으며 자리에서 벌떡 일어났다.

"다 됐어? 된 거야?"

밖에서 연습하고 있던 도영이 소식을 듣고선 달려왔다. 자리를 지키고 있었던 유찬이 작업이 마무리될 즈음 다른 멤버들을 불러온 모양이었다.

"어떤 거 같아?"

상준의 작곡 실력이야 워낙에 믿음직스러웠으니 크게 걱정을 하지는 않았다. 오히려 멤버들의 눈엔 기대감이 서려 있었다. 상준은 웃으며 마우스에 손을 뻗었다.

"튼다."

"오케이, 오케이. 나 준비됐어."

"나도!"

딸깍.

힘찬 배경음과 함께 울려 퍼지는 노래.

아직 목소리도 입히지 않은 상태지만……

첫 소절을 들은 순간 탑보이즈의 입가에 미소가 어리기 시작했다.

두두둥.

드럼 소리와 함께 조금씩 리듬을 타기 시작하는 멤버들. 상준은 자신감 넘치는 눈길로 그들을 돌아보았다.

"이야."

"미쳤는데?"

절로 흥이 나는 노래.

그라운드에 이 노래를 울려 퍼지게 하면 어떨까.

"와아아아악!"

도영은 함성을 지르며 자리에서 벌떡 일어났다.

느낌은 이미 잡았다.

"벌써 막 뛰고 싶어지는데?"

*　　　*　　　*

월드컵 응원가의 제목은 「WAY TO GO」로 정해졌다. 가사를 만드는 건 감수성 담당 선우의 몫이었다. 경기장에서 울려 퍼질 힘찬 노래.

가사부터 MR까지 완벽히 준비된 후, 탑보이즈는 녹음 스튜디오를 찾았다.

"녹음 죽이지 않았어?"

"장난 아니었지."

자기애 넘치는 탑보이즈는 고개를 끄덕이며 서로 대화를 주고받았다.

상준이 생각해도 오늘 녹음은 만족스러웠다.

'힘차게!'

'다 함께 부른다고 생각해 봐.'

다섯이 함께 부르는 파트도 많았고, 힘을 실어야 한다는 생각 때문에 평상시보다 업된 텐션으로 노래를 불러 나갔다. 녹음이 끝나고 나니 진이 빠지긴 하지만 녹음 당시에는 즐거웠다.

사람들이 이 노래를 통해 힘을 얻을 수 있을까.

녹음을 마치고 온 상준은 고개를 끄덕일 수 있었다.

몇 시간에 걸친 녹음 동안, 탑보이즈에게 남아 있는 건 열정뿐이었으니까.

"사람 많네."

송준희 매니저는 밖을 내다보고선 혀를 내둘렀다. 녹음 스튜디오를 찾은 건 비공식 스케줄인데도 밖에 인파가 상당했다. 이미 올라올 당시에 SNS를 통해 잔뜩 퍼진 모양이었다.

"지하로 내려가자."

"네에!"

송준희 매니저는 차 키를 주머니에서 빼내고선 멤버들을 이끌었다.

저 인파를 뚫고 나가는 건 버거워 보이니 지하 주차장 쪽을 이용하겠다는 생각이었다.

"이쪽으로."

"매니저님, 오늘 녹음 장난 아니었죠?"

"어어, 잘하더라고."

탑보이즈랑 3년째 함께 다녔으니 목 상태와 그날의 실력도 대강 감이 잡히는 송준희 매니저다. 애들이 단체로 들떠 있는 터라, 송준희 매니저 역시 기분이 좋아졌다.

"그렇게 설레었어?"

"신기하잖아요. 살면서 언제 한 번 응원가를 불러볼까 싶기도 하고. 이래저래 재밌는 녹음이었어요."

"저도."

"나도 그랬어. 진짜 행복하더라."

띠링.

엘리베이터 문이 천천히 열린다.

그 안에 타려 발을 내디딘 멤버들은 일제히 얼어붙었다.

"…어."

엘리베이터 안에서 나온 익숙한 얼굴. 상준은 저도 모르게 인상을 찌푸렸다.

"안녕하세요."

초췌해 보이는 인상의 중년 남성이 상준을 향해 인사를 건넸다. 그를 한눈에 알아본 도영의 안색 역시 어두워졌다.

이 얼굴을 여기서 만나다니.

"맞지?"

대강 상황을 눈치챈 선우가 유찬의 귀에 대고 속삭였다. 유찬은 아랫입술을 지그시 깨물며 고개를 끄덕였다. 미묘한 공기가 탑보이즈와 남자 사이를 휘감아 돌았다.

"……."

한참이 지나서.

먼저 입을 뗀 건 상준이었다.

"오랜만이네요."

두 번 다시는 볼 일 없을 줄 알았는데.

'이렇게 만나게 될 줄이야.'

그답지 않게 볼품없는 행색을 하고 있는 남자는.

다름 아닌 이명석 피디였다.

"그러게나 말입니다."

다른 피디도 아닌, 마이픽의 이 PD 말이다.

*   *   *

"저희는 이만 갈게요."

이명석 피디라면 굳이 대화를 나누고 싶지도 않았다. 아니, 같이 마주 보고 서 있는 이 시간이 아깝게 느껴질 정도였다. 그가 상준에게 어떤 짓을 했는지 알고 있는 다른 멤버들도 같은 심정이었다.

"얘들아, 가자."

"네, 매니저님."

"저희 스케줄 있죠?"

"그러엄. 어서 갈까?"

송준희 매니저 역시 고개를 살짝 숙이며 옆으로 비켜섰다.

한때는 방송국의 실세였던 이명석 피디.

그러나, 지금은 아니다. 각종 뉴스에 오르고 뇌물 수수 혐의로 법적 처벌까지 받게 되면서 방송계에 그가 설 자리는 없어졌다.

"……."

탑보이즈는 그를 완전히 무시하며 비켜설 생각이었다.

그렇다고 해서 그냥 물러설 이명석 피디가 아니다.

지푸라기라도 잡겠다는 심정으로 이곳저곳 찌르기 위해 바쁘게 돌아다니는 모양이었다.

하지만, 그렇다고 해서.

"잠깐만요."

자신을 대놓고 붙들 줄은 몰랐다.

상준은 황당한 눈길로 이 PD를 돌아보았다. 초췌한 얼굴에는 뻔뻔한 눈빛이 서려 있었다.

"대화 좀 나눴으면 하는데."

"저희 바쁩니다."

이건 단순히 거절의 의미는 아니었다. 탑보이즈는 정말로 바빴다. 해외와 국내 스케줄이 가만히 있어도 쏟아져 들어오는 상태다. 있는 스케줄도 전부 쳐낼 판에 이렇게 농담을 나눌 시간은 절대 없었다.

"한 번만이라도."

덥썩.

이명석 피디는 간절한 눈빛으로 상준의 손목을 잡았다. 그걸 본 송준희 매니저가 인상을 쓰며 그의 손을 쳐냈다.

탁.

"뭐 하시는 거죠, 지금?"

"사과드리려 합니다. 진심으로."

구속이 풀려서 나와도 받아주는 자리가 없어서 고군분투하고 있는 게 뻔한데 이제 와서 사과라. 너무도 투명한 의도다.

상준은 헛웃음을 흘리며 그를 돌아보았다.

"사과라고요?"

"많이 늦었지만… 이제라도 해야 할 말은 전해야겠다 싶어서."

그의 목소리에는 미안함이 전혀 묻어 있지 않았다. 구색을 맞추기 위한 사과, 그 이상도 그 이하도 아닌 느낌이었다.

상준은 싸늘한 눈길로 그를 응시했다.

"진심으로 사과하고 싶은 게 아니라. 한자리라도 얻어내기 위함이겠지."

"그런 거 정말 아니……."

"저 다음에는 하운이 찾아가시게요?"

이 PD의 눈빛이 당황함으로 물들었다. 우연히 마주쳤다고 생각했는데 정말 이곳에서 탑보이즈를 기다리기라도 한 모양이었다. 다음 대상이 하운이인 것도 맞는 거 같고.

더 어이가 없었다.

사과라는 명목으로 지난날의 죄를 어떻게라도 덮어버리려는 태도가 황당해서였다.

이 PD는 어설픈 거짓말을 이었다.

"하운 씨는… 제가 또 나중에 정식으로 사과를 드려야지요."

마이픽 출연자들 중에서 가장 잘나가고 있는 게 탑보이즈와 김하운이니. 당연히 순서가 그렇게 될 터였다.

상준이 아는 하운이는 이 PD가 미안하다고 다가오면 연민의 마음을 가질 녀석이었다.

'그렇게 착하니까.'

하지만, 그 착한 마음을 이용하는 모습은 차마 볼 수 없을 거 같았다. 상준은 냉랭한 목소리로 이명석 피디를 향해 말을 뱉었다.

"걔야 마음이 약한 애니까, 받아줄 거라고 생각하시나 본데."

"……."

"그 친구한테는 그러시면 안 되죠. 양심이 있으시다면."

억지로 순위를 낮춰서 떨어뜨린 멤버다.

하운이 배우로 전향하지 않았다면 마이픽 프로에 상처를 입고 그대로 꿈을 포기했을지도 몰랐다.

만약 그렇게 되었더라면.

눈앞의 이 인간이 죄책감이라는 걸 가졌을까.

상준이 아는 이명석 피디는 그럴 사람이 아니었다.

좋은 말이 나올 리가 없었다.

상준의 표정에서 그러한 감정을 읽었는지, 이명석 피디는 다시 간절한 눈빛으로 상준을 붙들었다.

"진짜 그런 거 아니에요. 믿어주세요. 제가… 다시는 그런 일……."

"다시는 그런 일 없게 할 방법은."

당신이 이런 짓 자체를 안 하는 거야.

상준은 싸늘한 눈빛으로 나직이 뱉었다.

이명석 피디가 다시 방송국에 발을 들이는 순간, 자연히 희생자는 생기게 될 것이다. 서 PD를 통해 충분히 봤지만, 그 버릇이 어디 간단 말인가. 상준은 이 PD를 믿을 수도, 믿지도 않았다.

하지만, 마지막 기회라 생각했는지 이 PD는 구차해졌다.

"제발. 사정 알 거 아닙니까. 나도 이렇게까지 안 할 생각이었는데… 당장 어디서 일할 자리가……."

"그건 당신이 자초한 일이잖아요."

"제발. 마이픽 출연자들한테는 제가 찾아가서 일일이……."

피곤하다.

피곤해 죽을 거 같다.

상준은 머리를 짚으며 그의 손을 다시 뿌리쳤다.

"가죠."

"가자, 형."

탑보이즈가 엘리베이터를 타고 가려는 와중에도 이명석 피디의 발악은 끝나지 않았다. 탑보이즈가 마음을 돌릴 생각이 없다는 걸 확인했으니, 이제 아무 말이나 꺼내도 된다고 판단한 것 같았다.

"하, 어이가 없어서."

이명석 피디는 이를 갈며 뒤돌아서는 상준을 향해 악담을 퍼부었다.

"세계에서 알아주는 스타가 되었다고 지가 뭐라도 되는 줄 알지. 그딴 식으로 행동해서 후환이 없을 거 같아? 한순간이야, 너도."

한순간에 나락으로 떨어뜨려 버리겠다.

이명석 피디스러운 악담이었다.

"……!"

그 말을 들은 상준이 한숨을 내쉬며 입을 열려던 순간. 옆에 서 있던 도영이 놀란 눈으로 손을 뻗었다.

"어, 무슨 일이야?"

블랙빈이었다.

"헉, 탑보이즈다!"

"와아! 너네 여기 녹음하러 온 거였어?"

이명석 피디의 얘기를 듣진 못했는지 블랙빈이 반가운 얼굴로 걸어왔다. 저 멀리서 터벅터벅 걸어온 익숙한 얼굴에 상준은 굳어 있던 표정을 풀었다.

"안녕하세요, 블랙빈입니다."

이명석 피디의 얼굴을 모르는지 덥석 인사부터 하고 보는 블랙빈이다.

'하필.'

도영은 마른침을 삼키며 긴장한 기색이 되었다. 예능 활동을 자주 했던 은수는 대강 눈치챈 느낌이었지만 다른 멤버들은 잘 모르는 것 같았다.

방송국 건물에 탑보이즈와 함께 있으니 PD가 아닐까 추측한 모양. 연예계에서 인사는 기본이기 때문에 일단 인사부터 한 것이었다.

"하하."

거기다 대고 이 사람이 쓰레기라고 할 수는 없으니.

상준은 어색한 미소를 지으며 한 걸음 뒤로 물러섰다. 괜히 상운도 지켜보는 앞에서 더 이상의 논쟁은 불필요하다고 생각해서였다.

그때.

상운이 앞으로 불쑥 다가왔다.

"와."

"……!"

눈앞의 이명석 피디를 향해 손을 내미는 상운.

상준은 인상을 찌푸리며 그 모습을 지켜보았다.

하지만, 뒤이은 말에는 단체로 입을 벌릴 수밖에 없었다.

"피디님이시죠?"

"…네?"

단순히 직책을 묻는 뉘앙스가 아니었다.

마치 당신이 누군지 알고 있다는 눈빛. 상운의 두 눈이 살벌하게 빛나고 있었다.

매번 병실에서 생글거리는 것만 봤지, 저런 예리한 눈빛은 처음이다.

'못 알아봤다고 생각했는데.'

상준은 입을 다물지 못한 채 그런 상운을 지켜보고 있었다.

상운의 입에서 이내 의미심장한 말이 흘러나왔다.

"유명하신 분이잖아요. 왜 이렇게 귀한 곳에 계세요."

"······!"

진짜 싸우려는 뉘앙스잖아.

상준은 불안한 심정으로 상운을 붙들어놓으려 했다. 하지만, 이번에는 상운이 더 빨랐다.

"······."

이명석 피디의 귀에 대고 작게 속삭이는 상운.

'뭐지?'

그 모습을 지켜만 보고 있던 상준은 멍해졌다.

'대체.'

한 가지는 확실했다. 상운이 웃으며 건넨 한마디가 결코 유쾌한 소리는 아니었을 거라는 거.

"가, 가보겠습니다."

상운의 한마디에 사색이 되어서 도망가는 이 PD.

"허."

상준은 혀를 내두르며 작게 중얼거렸다.

"···다시는 이 바닥에 올 생각도 하지 말았으면."

*　　　*　　　*

"무슨 소리 한 거야?"

너무 궁금했다. 대체 무슨 소리를 했길래 질척이던 이 PD가 사색이 된 건지. 상준의 물음에 상운은 어깨를 으쓱이며 말했다.

"별말 안 했어, 진짜."

"그러니까 뭐냐고."

"계란판……?"

계란판이라니.

상준은 뜬금없는 상운의 말에 두 눈을 끔뻑였다.

"날계란으로 골라서 던져준다고 했어."

"……."

세상에.

무서운 자식.

상준은 상운의 말에 기가 차서 웃음을 흘렸다.

이명석 피디가 검찰에 출석했을 때, 수많은 시민들 틈에서 날
계란을 맞았더랬다. 그걸 뉴스로 보면서 즐거워했던 탑보이즈는
둘째 치고.

"네가 그걸 어떻게 알아?"

아직 누워 있을 때다.

힘들었던 얘기는 일부러 상운에게 하질 않았으니 모르고 있
을 거라고 대강 짐작했던 상준이었다. 그런데 상운은 상준의 생
각보다 많은 것을 알고 있었다.

"알지. 봤으니까."

병실에서 치료를 받을 때 뉴스를 전부 찾아봤단다.

"보고 너무 열받아서 그 인간 얼굴을 기억하고 있었어."

"아."

"다신 만날 일 없을 거라 생각했는데. 하여간 그놈은 철판을
어떻게 간 거야."

아까 하는 행동을 보니 철판이 아니라 다이아몬드쯤은 되는 거 같았다. 깨지질 않는 수준이던데.

상준은 피식 웃으며 고개를 저었다.

"신경 쓸 가치도 없는 인간인걸."

이명석 피디에 대한 얘기는 그만 꺼내고 싶었다. 마이픽 때 마음고생했던 기억이 그다지 유쾌하진 않았기 때문이었다. 상준의 시선이 다른 블랙빈 멤버들에게로 향했다.

요새 블랙빈을 거의 만나질 못했다.

탑보이즈도 그렇지만 블랙빈도 유난히 바쁜 시즌이었기 때문이었다.

"해외 투어는 잘 끝내고 왔고?"

"그렇지."

은수는 만족스러운 미소를 지어 보였다. 탑보이즈만큼은 아니었어도 지난 앨범의 성적도 고공 행진이었다. 게다가 이번엔 빌보드 차트 인도 처음으로 했다.

"아주 바빠서 죽을 거 같아."

"너도 잘하고 있지?"

아무래도 몸이 그렇다 보니 걱정이 되지 않을 수 없었다. 상준은 상운을 돌아보며 담담하게 물었다.

"그러엄. 내가 누군데."

"JS 천재 연습생 나상운?"

"헐, 그렇게 소문이 파다했나?"

"…그거 네가 만든 소문이잖아."

쿨럭.

상준의 돌직구에 상운은 어깨를 으쓱이며 피식 웃었다.

"반은 진실이거든."

"맞지. 상운이가 천재 연습생이긴 했지."

블랙빈에서도 상운에게 극진한 은수가 편을 들고 나섰다.

"아이고, 그러셔요?"

상준은 엄지손가락을 치켜들며 입을 열었다.

"근데 진짜 잘하긴 하더라."

바쁜 와중에도 블랙빈의 무대는 꼬박꼬박 챙겨 봤었다. 무대를 곧잘 소화하는 모습에 늘 흐뭇했고 한편으로는 걱정됐다.

너무 무리하는 건 아닐까.

하지만, 상운은 블랙빈에 충분히 잘 적응하고 있었다.

"아."

가만히 그들의 얘기를 듣고 있던 선우는 가방을 뒤적이기 시작했다.

"생각해 보니 줄 거 있네."

블랙빈한테도 줬어야 했던 건데 바빠서 만나지 못할 뻔했다.

"이게 뭐야?"

선우가 건넨 얇은 봉투에 은수는 놀란 눈이 되었다.

"티켓."

"어……?"

월드컵 예선전 표다.

특별히 블랙빈을 위해 남겨뒀던 표. 상준은 선우를 따라 웃으며 말했다.

"한번 보러 오라고 준비했어."

"이야, 대박이다."

"와."

탑보이즈의 의도를 이해한 상운은 기분 좋게 웃었다. 탑보이즈가 이번 월드컵 응원가를 맡았다는 소식은 전해 들었기 때문이었다.

"보여주고 싶더라고."

상준은 상기된 목소리로 말을 뱉었다.

그 드넓은 축구장에서 선보일 무대.

"첫 무대를 우리가 장식할 거니까."

                    *   *   *

월드컵 예선전 당일이 돌아왔다.

상준은 심호흡을 하며 천천히 발을 내디뎠다.

"…아."

그동안 섰던 수많은 무대들이 있었지만, 이렇게 넓은 무대는 처음이었다. 아까부터 함성 소리가 인 이어를 파고들고 있었다.

끝이 보이지 않는 잔디밭.

그리고 그 주위를 둘러싸고 있는 수만 명의 관중들. 미친 듯이 심장이 뛰기 시작했다.

"후."

그 가운데에 탑보이즈가 섰다.

"꺄아아아아!"

"와, 탑보이즈다!"

"와아아악!"

예선전 경기를 보려고 모인 관중들이지만, 탑보이즈 효과 덕분일까. 저 넓은 관중석이 순식간에 찼다는 소식을 들었었다. 이쪽 끝에서 저쪽 끝까지 빨간 물결이 넘실거리고 있었다.

"대—한민국! 짝짝—짝짝짝!"

"대—한민국! 짝짝—짝짝짝!"

"와아아아악!"

'떨린다.'

유독 떨리는 무대였다.

하지만, 복잡한 생각은 모두 던져두고.

상준은 단 한 가지 생각에 집중하기로 했다.

이곳에 있는 사람들에게 탑보이즈의 에너지를 전해주자는 마음.

그 마음 하나면 충분하다고 생각했다.

"탑보이즈! 탑보이즈! 탑보이즈!"

팬들의 함성 소리와 함께 무대가 시작됐다.

「WAY TO GO」. 오늘을 위해 준비했던 무대.

상준은 자리를 박차고 앞으로 나섰다.

"꺄아아아!"

월드컵 경기장을 가득 메우는 함성 소리. 이 소리까지 모두 계산했던 상준은 알고 있었다. 이 노래는 저들의 함성 소리로 완성된다는 것을.

조금 늦어도 괜찮아
할 수 있을 거라는 그 한마디가
지금 이 땅에 울려

힘찬 노래의 가사가 잔디밭에 울려 퍼졌다. 코러스처럼 응원하는 이들의 함성이 더해졌다. 그동안 섰던 어떤 무대보다 넓기에 훨씬 더 자유로운 무대.

잔뜩 긴장했던 탑보이즈는 이제 없었다.

탑보이즈는 자유로운 한 마리의 새처럼 힘차게 날아올랐다.

WAY TO GO
WAY TO GO
우리는 하나가 되어 외쳐

힘을 불어넣어 주기 위해 그 어느 때보다 열심히 뛰고 또 뛰었다.

WAY TO GO
WAY TO GO
이 뜨거운 열기를 하나로 모아

상준은 라이브를 소화하며 관중석을 돌아보았다. 점처럼 느껴지는 먼 거리에 블랙빈 멤버들이 서 있었다. 응원 소리가 여기까지 들리는 것만 같다.

조금 느려도 괜찮아
할 수 있을 거라는 그 한마디가

지금 이곳을 흔들어

응원의 힘은 위대하다. 엎어졌던 사람을 일으키게 하고, 포기하려던 사람을 다시 뛰게 한다. 상준이 이 곡을 통해 담고 싶은 의미가 바로 그랬다.

선수들, 나아가 이 자리에 있는 사람들.

아니, 대한민국 전체에 힘을 불어넣어 주고 싶었다.

잘하고 있다고, 잘할 수 있다고.

WAY TO GO

WAY TO GO

처음으로 돌아가 부르는 거야

그래서 제목도 「WAY TO GO」였다.

잘했다는 한마디를 노래를 통해 전해주고 싶었으니까.

WAY TO GO

WAY TO GO

이 뜨거운 노래를 하나로 모아

"외쳐봐!"

상준은 주먹을 치켜들며 간절하게 외쳤다.

그의 한마디를 따라 관중석이 들썩였다.

"워어어— 어어어!"

"워어어— 어어어!"

두둥,

넘실거리는 물결 위로 팬들의 떼창 소리가 잔디밭 바닥을 울리고 있었다.

"후."

거친 숨을 들이쉬면서도 탑보이즈는 다시 뛰었다. 그런 그들을 지켜보고 있는 사람들의 입가에 이내 미소가 어렸다.

탑보이즈는 사람들을 행복하게 만들어주는 에너지를 지니고 있었다.

외쳐봐

워어어— 어어어어

워어어— 어어어어

벅찬 감정을 이루 말할 수가 없었다. 이 넓은 곳 가득 탑보이즈를 향한 함성이 울려 퍼지고 있었으니까.

인 이어는 이미 제 기능을 하지 못한 지 오래였다.

팬들의 응원이 마치 노래의 한 소절처럼 느껴졌다.

"워어어— 어어어!"

"꺄아아아아!"

소리를 시각으로 표현할 수 있다면 지금 이 장면이지 않을까.

팬들이 만들어내는 응원의 물결을 보며, 상준은 그 생각을 했다.

탑보이즈는 무대를 통해 힘을 전해주지만.

때론 그 반대라는 생각도 들었다.

'나도 이 무대로 힘을 얻으니까.'

"대한민국 파이팅!"

"파이팅!!"

탑보이즈는 자리를 잡으며 힘차게 외쳤다.

완벽한 오프닝 무대였다.

＊　　　　＊　　　　＊

"아아아악!"

"아니, 어떡해."

월드컵 아시아 예선전에는 사실 관심이 크게 쏠리지 않는다. 본선이라면 모를까. 예선전이라는 경기의 특성 때문이기도 했다.

하지만.

"아, 이거야지!"

"골 넣어야지!"

한일전이라면 좀 다르다.

관중석을 가득 채운 팬들이 탄식을 내뱉으며 발을 굴렸다.

1 대 0으로 지고 있는 상황.

전반 25분에 한 골을 먹히는 바람에 이렇게 됐다. 후반전이 마무리 될 즈음인데도 별다른 골이 나오지 않고 있으니 괜히 초조해진다.

잔뜩 긴장했던 무대를 끝내고 돌아온 탑보이즈도 그 초조함을 고스란히 느끼고 있었다.

"어떤 거 같아?"

"글쎄. 골 넣더라도 무승부로 끝나지 않을까."

남은 시간 동안 두 골을 넣는 건 불가능해 보였다. 축구에 별 관심이 없던 상준과는 달리 워낙에 축구를 좋아하는 유찬이 이 것저것 분석해 보였다.

"으음."

대체적으로 이해할 수 없는 소리긴 했지만 말이다.

이해를 포기한 건 옆에 앉아 있는 도영과 제현도 마찬가지였다.

퍽퍽퍽.

아까부터 무슨 소란이 이렇게 들리나 싶었더니만 저 둘이다.

제현은 응원 막대 풍선으로 신나게 도영의 머리를 때리고 있 었다.

퍽.

"꾸엑."

"꾸에엑."

가만 보면 은근히 환상의 조합이다.

정신연령이 비슷한 건지 도영은 어깨를 들썩이며 제현과 신나 게 놀아주고 있었다.

퍽퍽퍽.

"막내랑 잘 놀아주네……."

선우는 황당하다는 듯이 그런 도영을 돌아보았다.

"꾸에엑……."

상준은 포기하고 경기에만 집중했다.

"어렵네."

가운데에서 공만 주고받을 뿐 긴장감 넘치는 상황이 전혀 만들어지지 않고 있었다. 정말 이러다가 지진 않을까. 아무리 축구 경기를 볼 줄 모른다지만 그 정도는 눈치챌 수 있었다.

"흐으음."

상준은 턱을 쓸어내리며 심각한 표정으로 경기장을 내려다보았다.

그때였다.

"어?"

경기장의 커다란 스피커에서 익숙한 노래가 울려 퍼지기 시작했다.

「WAY TO GO」. 탑보이즈의 이번 응원가.

"와, 대박. 우리 노래다."

도영은 반색하며 제현이 들고 있던 응원 막대 풍선을 뺏어버렸다.

상준 역시 두 눈을 반짝이며 주위를 둘러보았다.

조금 늦어도 괜찮아
할 수 있을 거라는 그 한마디가
지금 이 땅에 울려

"와아아아!"

이제야 응원가를 만들어냈다는 사실이 실감이 난다.

관중석이 탑보이즈의 노래를 따라 들썩이기 시작했다.

반쯤 포기하고 있었던 관객들의 표정이 다시 희망으로 가득 찼다.

"워어어—어어어!"

"워어어—어어어!"

할 수 있다는 외침과 응원.

"대—한민국! 짝짝—짝짝짝!"

"대—한민국! 짝짝—짝짝짝!"

응원 소리가 다시 한번 경기장을 뒤흔들 즈음.

"어… 어!"

유찬이 자리를 박차고 일어섰다.

화려한 드리블을 선보이던 선수가 정확히 상대편 수비수를 제치고 달려 나가고 있었기 때문이었다.

"어!"

그리고.

"와아아아아!"

완벽한 패스는 곧바로 골문을 향했다.

"골이다아아!"

"와아아아악!"

"와, 대박."

상준은 멍한 눈빛으로 멀뚱히 일어섰다.

WAY TO GO

WAY TO GO

이 뜨거운 노래를 하나로 모아

그 와중에도 탑보이즈의 노래는 경기장 가득 울려 퍼지고 있었다.

"무승부다, 무승부."

"아니, 역전하는 거 아니야?"

고작 10여 분이 남은 상황. 아까까지 포기하고 있었던 관객들이 상기된 목소리로 떠들기 시작했다. 여기서 골을 먹히지만 않는다면 최소 무승부다.

"제발."

"어어어… 또 들어간다."

유찬은 아랫입술을 깨물며 두 눈을 반짝였다.

그사이 응원 소리는 한층 더 거세졌다.

짝짝. 짝짝짝.

"대—한민국! 짝짝—짝짝짝!"

"대—한민국! 짝짝—짝짝짝!"

살아 있음이 느껴지는 강렬한 함성.

워어어— 어어어어

워어어— 어어어어

그리고. 그 속에 자연스레 어우러지는 탑보이즈의 노래.

그 모든 것이 한 편의 역전 드라마를 만들어내고 있던 순간.

"와아아아아아악!"

"골이다아아!"

경기장이 한바탕 뒤집어졌다.

＊　　　＊　　　＊

무려 2 대 1의 짜릿한 역전승이었다.

응원의 힘으로 만들어낸 값진 성과. 도영은 잔뜩 흥분한 기색으로 말을 쉬지 않았다.

"와, 우리 노래 딱 나갈 때. 두 골 넣은 거 봤지?"

"봤지!"

"와아아아!"

골이 들어가는 순간.

상준은 진심으로 울컥했다. 그 장면이 만들어내는 뭉클함 때문일까.

그 영광스러운 시간 속에 자신의 노래가 있었다는 것이 괜히 감동적이어서였다.

"신기하잖아. 음악의 힘이라는 게……."

"첫 소절 나오는데 울컥하더라."

선우도 고개를 끄덕이며 상준의 말에 동감했다.

"그 넓은 곳에서 우리 노래 나오는 게 새삼 신기해서."

"어, 블랙빈이다!"

팝콘을 주워 먹고 있었던 제현이 밝아진 얼굴로 손을 흔들었다. 탑보이즈의 오프닝 공연을 지켜보기 위해 바쁜 스케줄을 내어 이곳에 왔었던 블랙빈이었다.

"무대 봤어?"

"당연하지."

"나도 무대 위에서 너네 재밌게 봤다."

"…어엉?"

상준은 피식 웃으며 은수의 어깨를 토닥였다.

"딱 보이더라. 신기하게도."

그 넓은 관중석에서도 한눈에 블랙빈을 찾을 수 있을 거 같았다.

은수는 웃음을 터뜨리며 휴대전화를 꺼냈다.

"아까 공연하는 거 우리가 찍었잖아. 장난 아니게 멋있어서."

그 넓은 데에서 자신감 넘치게 무대를 하는데.

괜히 자신들 일이 아님에도 울컥했다고 했다. 상운도 비슷한 감정인지 고개를 끄덕이고 있었다.

"언제 이렇게 되었나 싶다."

상준은 흐뭇한 미소를 지었다.

월드컵 응원가를 부를 수 있을 정도로 케이팝의 선두 주자가 되었다는 것이. 탑보이즈에게는 그 자체로 너무나 감격스러운 일이었다.

"그러게. 이제는 저기 저 탑 위에 계시네, 다들."

은수는 엄지손가락을 치켜들며 도영을 돌아보았다.

"이렇게 멍청한 애 잘 데리고 있느라 얼마나 고생이 많았을까……."

"뭐?"

"아니야, 아니야."

도영은 황당하다는 듯이 두 눈을 끔뻑였다.

상준은 너스레를 떨며 은수의 장단에 맞장구를 쳤다.

"그러게나 말이야. 어찌나 힘든지."

"맞다, 맞아."

선우 역시 상준에게 동조하며 기분 좋게 웃었다.

이제는 길거리를 걸을 때도 어디서든 탑보이즈의 노래가 흘러나온다.

국내뿐만이 아니었다. 해외에서도 상황은 비슷했다.

케이팝 가수가 빌보드 1위를 차지하고, 해외의 시상식에서 상을 탔다는, 비현실적으로만 느껴졌던 이야기가 현실이 됐다.

이제는 단순한 이슈를 넘어서 하나의 유행이 된 탑보이즈다.

'저거 뭐야?'

'탑보이즈가 선전하던데.'

'교복 광고도 하네.'

'저것도 하잖아. 화장품 광고.'

'브로마이드 벌써 품절이야?'

'하, 나 이번에 진짜 쟁여두려 했는데. 선착순으로 당일에 다 나가는 게 말이 되냐?'

광고가 나가는 족족 하나의 유행을 만들어낸다.

그런 의미에서.

"신곡 회의하러 가자."

또 하나의 유행을 만들 시간이었다.

제5장

그래미 어워드

3대륙 스타디움 투어.

정규 4집 앨범이 발매된 이후, 탑보이즈는 과감하게 스타디움 투어를 결정했다.

최대 규모 공연장인 스타디움에서 신곡을 공연한다는 것 자체가, 월드 스타 반열에 오르지 않으면 불가능한 일이었다.

탑보이즈는 그 첫 번째 무대로 LA 스타디움을 선택했다.

무려 9만 명의 관객을 수용할 수 있는 거대한 공연장.

더 놀라운 사실은 이 드넓은 공연장 가득 사람이 차 있다는 것이었다.

"와아아아악!"

탑보이즈가 들어선 순간부터 함성 소리가 이미 귓가를 찢었다.

인 이어가 무색할 정도로 엄청난 팬들의 함성. 상준은 푸른색 응원 봉이 넘실거리는 관중석을 올려다보았다.

자그마치 9만 명이다.

이 낯선 땅에서 순식간에 전석 매진의 신화를 만들어냈다는 것 자체가 기적 같은 일이었다. 그만큼 이번 앨범에 사람들의 관심이 쏠려 있었다.

오랜만에 돌아온 정규앨범.

성적은 말할 것도 없었다. 발매 이후 빌보드 차트 1위는 물론이고, 해외 여러 차트를 나란히 줄 세웠다.

탑보이즈의 공연을 보기 위해 텐트까지 쳐서 밤을 새운 고마운 사람들이 이곳 가득 차 있었다.

오를 수 없을 거라 말해
저 높은 탑 위에서
정신없이 발버둥 쳐

탑보이즈가 한 소절을 읊을 때마다 스타디움 전체가 흔들릴 정도의 함성이 이어졌다.

속삭이는 말들이
귓가에 맴돌아
때로는 비웃어
절대 일어날 수 없는 일이라고

이번 앨범에서 가장 담고 싶었던 것은 자부심이었다.

저 위에 올라섰다는 자부심. 연예계에 처음 발을 내디뎠을 때부터 지금까지. 겨우 삼 년의 시간이 흘렀음에도 참 많은 일들이 있었다.

We are stranger
불가능을 현실로 만들어
환상을 뒤집어
꿈이라는 말을 그려내

너네가 정상에 설 수 있다고?
아무것도 모르던 신인 시절에는 그렇게 무시하는 이들이 있었다.
해외 시장에 처음 뛰어들었을 때도 그랬다.
월드 스타라는 꿈이 허황된 말일 뿐이라고 치부해 버렸던 사람들. 그럼에도 믿어준 온탑 덕에 이 자리에 올라섰다.
「ON TOP」.
노래 제목처럼 이 곡은 온탑을 위한 곡이었다.

We are on top
찬란한 빛을 향해 걸어

지금도 여전히 저 높은 스타디움 관객석에서 자신들을 지켜주는 존재.

환상적인 이 무대 위에서
우리는 결국 함께할 거야

"꺄아아아아아!"
"나상준! 지선우! 엄유찬! 차도영! 이제현! 탑보이즈!"
"와아아아악!"

상준은 온탑을 향해 손을 흔들며 무대를 휘저었다. 그새 많이
늘어버린 무대 실력이 지금의 탑보이즈를 날뛰게 했다.

We are on top

행복했다.
저 푸른 물결을 볼 때면.

*   *   *

"네, 오늘은 특별한 게스트! 요즘 전 세계에서 핫한 최고의 가
수죠? 탑보이즈를 모셨습니다!"

미국 NBC의 유명 리얼리티쇼.

미국의 3대 토크쇼 중 하나지만, 탑보이즈 인터뷰를 얻기 위
해 간절한 섭외를 해야 했다.

세계를 달구고 있는 톱스타.

"DREAM THE TOP! 안녕하세요, 탑보이즈입니다!"

탑보이즈는 단체 인사를 하며 카메라를 똑바로 응시했다.

세계의 정상에 오르면서 이러한 인터뷰가 줄을 이었지만 사실 조심스러운 부분도 있었다.

과거에 연예인의 신분으로 인터뷰를 할 때, 탑보이즈가 걱정했던 것은 논란이었다. 세상에는 서 PD와 이 PD처럼 다른 이들의 논란을 먹고 사는 사람들이 많다. 거짓된 편집으로 한순간에 나락으로 떨어질까 걱정했던 것이었다.

하지만, 지금은 달랐다.

그보다도 무거운 책임감을 안고 있었다.

어쩌면 한 나라를 대표하는 인터뷰가 될지도 모르니까.

탑보이즈는 그렇게 엄청난 영향력을 지닌 가수가 되어 있었다.

그리고.

그만한 위치에 섰다는 것은, 그만큼 책임감을 가져야 한다는 의미였다.

"이번 앨범 반응이 좋은데 어떻게 생각하시나요?"

금발에 정장을 입은 사회자가 유쾌한 목소리로 탑보이즈에게 물었다. 해외 투어를 정신없이 이어가며 그새 영어가 많이 유창해진 멤버들. 선우가 먼저 웃으며 마이크를 잡았다.

"온탑에게 항상 감사하게 생각하고 있습니다."

"워후! 역시 탑보이즈다운 답변이네요. 네, 감사합니다."

그다음 질문이 곧바로 이어졌다.

"케이팝의 선두 주자라는 이름에 대해 어떻게 생각하시나요?"

탑보이즈에 대한 기사가 오를 때면 항상 따라오는 수식어가 있었다. 바로 케이팝의 선두 주자.

케이팝이 해외에서 인기를 끈 적이 없진 않았다. 이따금 엄청난 재능을 지닌 가수들이 튀어나와 전 세계를 놀라게 했다. 빌보드 차트 순위권에 오른 적도 물론 있었다.

한류열풍이라는 말이 거기서 나온 것이었다. 그 초석을 깔아 온 선배들에게 언제나 감사한 마음을 가지고 있었다.

하지만, 이전까지 케이팝은 완전한 주류 문화가 아니었다. 언어가 다르다는 장벽이 일단 크게 작용했고, 해외 시상식에서 유의미한 성과를 얻어낸 적도 거의 없었다.

하지만, 탑보이즈에 의해 케이팝의 역사가 새롭게 쓰였다.

'케이팝의 선두 주자라.'

상준은 미소를 지으며 마이크를 쥐었다.

"글쎄요."

선두 주자라는 타이틀이 기분 좋긴 했지만, 그 이상의 의미를 지녀서는 안 된다고 생각했다.

"누군가는 스타트 라인을 끊어야겠지만, 그걸 마무리하는 건 모두의 몫이 아닐까요."

"오, 어떤 의미죠?"

사회자가 두 눈을 반짝이며 상준의 말에 집중했다.

상준은 미소를 지으며 카메라를 똑바로 응시했다. 지금 이 한마디가 어떠한 파장을 불러올지 모른다. 그래서 더욱 신중했고, 또 솔직했다.

"케이팝은 함께 만들어가는 거라고 생각해요. 저희가, 또 앞으로 빌보드에 오를 누군가가."

"너무 좋은 말이네요."

"크으, 역시 명언 제조기."

마치 교장 선생님의 훈화 말씀을 듣는 거 같았다고 중얼거리는 도영에게 눈을 흘겨주고. 상준은 유찬에게로 마이크를 넘겼다.

"이번 앨범에 대해 설명해 주시겠어요? ON TOP. 팬덤 이름 아닌가요?"

"네, 맞습니다."

「ON TOP」.

상준은 스타디움 공연 때 느꼈던 설렘을 기억하며 유찬의 말을 기다렸다. 마이크를 잡은 유찬은 여유롭게 말을 이었다. 작년 토크쇼에서 보였던 긴장한 모습과는 상반되었다.

"이번 앨범은 마침내 탑에 오른 우리의 모습을 그리고 있어요."

"맞죠."

"하지만, 그 위에서 때도 그랬잖아요."

탑보이즈의 수록곡 중에서 가장 많은 사랑을 받았던 「그 위에서」.

여기서 탑에 오른 모습을 다뤘었다. 다만 차이가 있다면 그 탑이 정말 정상이 맞냐는 의문을 가졌을 뿐.

유찬은 이번에도 크게 다르지 않다고 생각했다.

"이게 정말 정상인지. 우리는 알 수 있는 방법이 없잖아요."

"오. 굉장히 철학적이군요. 머리가 나빠서 잘 이해가 안 되네요."

사회자의 한마디에 상준은 웃음을 터뜨렸다.

능청스러운 그의 질문이 다시 유찬에게로 향했다.

"여기 머리가 나쁜 사람이 저 포함 300명쯤 되니깐, 다시 설명해 주세요."

"저희는 현재 첫 번째 탑에 올랐다고 생각해요."

아주 낮은 탑일 수도 있고, 위태로운 탑일 수도 있다.

"그러니 이게 진짜 정상이라고 생각하지 않아요."

지금 누구보다 빛나는 곳에 서 있지만 만족하지는 않겠다는 의미.

"올라갈 곳이 있다는 건 행복한 일이니까. 앞으로 더 올라가는 우리를 지켜봐 주셨으면 좋겠습니다."

"와아아아아악!"

유찬의 패기 넘치는 한마디에 패널들의 환호성이 이어졌다.

짓궂은 사회자는 그를 향해 넌지시 질문을 던졌다.

"그런 의미에서 두 번째 탑은 뭐죠?"

그건 확실히 말할 수 있다.

모든 가수들의 꿈의 무대.

상준은 두 눈을 반짝이며 말을 얹었다.

"그래미 어워드라고 생각합니다."

카메라 앵글에 싱긋 웃는 상준의 얼굴이 클로즈업됐다.

＊　　　　＊　　　　＊

시상식의 지배자.

연말이 돌아왔을 때, 탑보이즈는 사실상 이번 연도의 상을 쓸어 갈 수밖에 없었다.

그만큼 엄청난 성적을 지니고 있었던 터라 대적할 자가 없었다.

보이 그룹 부문에서는 대부분 탑보이즈가 가장 유력한 후보였다. 블랙빈의 성장세도 어마어마했기에 이번 연말 시상식은

JS 엔터의 몫이라는 소문마저 돌았다.

실제 결과도 그랬다.

탑보이즈는 메로나 뮤직 어워드에서 대상을 포함해서 무려 7관왕을 차지했고, 블랙빈도 2관왕. 마지막으로 신인 마이데이 마저도 퍼포먼스상을 수상했다.

그 밖에도 아시아 아티스트 어워드, 골든디스크 어워드에 이르기까지 국내 외의 굵직한 시상식들에 전부 탑보이즈의 이름이 올랐다.

그리고.

"후."

마침내 2월이었다.

옷깃을 여며도 한기가 온몸을 감도는 추운 날씨에, 탑보이즈는 뜨거운 열망 하나로 이 자리에 섰다.

그래미 어워드.

음반 업계 최고 권위의 상이자, 수많은 가수들이 그리는 꿈의 종착역. 그동안 수없이 많은 일들을 겪어왔다고 생각했는데도 오늘은 떨림이 가라앉질 않았다.

"트로피가 숙소에 대체 몇 개야."

"나 자기 전에 그거 세잖아. 양 한 마리, 양 두 마리…… 요새 트로피로 바꿨어."

"푸흡."

하여간 저 허세는.

상준은 도영의 한마디에 황당한 나머지 웃음을 흘렸다. 반쯤 과장이기는 했지만 실제로 트로피가 줄 서 있긴 했다. 진열장을 하나 더 사야 하냐는 소리까지 나오고 있었다.

"근데……."

도영은 두 손을 모은 채 싱긋 웃었다.

"이 트로피는 진짜 갖고 싶다."

꾸밈없는 진심이었다. 살다 살다 그래미 어워드에서 무대를 하는 것만으로도 감격스러운 일인데 여기서 상을 받을 수 있다면 얼마나 좋을까.

케이팝 가수가 그래미 어워드에서 상을 받은 적은 단 한 번도 없었다.

그 역사적인 한 획을 긋고 싶었다.

"할 수 있다아."

"다들 손 모아!"

선우의 자신감 넘치는 한마디에 다섯 멤버들이 동시에 손을 뻗었다.

"하나, 둘, 셋."

"탑보이즈 파이팅!"

그래미 어워드 수상을 향한 열정이 넘치는 한마디가 울려 퍼졌다.

그때였다.

"아아."

사회자의 마이크 테스트에 온 신경이 쏠렸다.

"그래미 어워드에 오신 여러분."

"와아아아아악!"

엄청난 인파가 동시에 함성을 내질렀다. 모두의 관심이 쏠리는 음악의 축제. 그래미 어워드의 수식어답게 이곳은 꿈만 같은 현장이었다.

상준은 저도 모르게 헛웃음을 터뜨렸다.

"맙소사."

이게 그래미 어워드의 위력이구나.

"꺄아아아아아!"

끝이 없는 함성 소리에 상준은 혀를 내둘렀다. 대기실 안에서도 땅이 울리는 것만 같았다.

여기서 수상을 하면 어떤 기분이 들까.

깊이 생각에 잠겨 있던 찰나, 사회자가 다음 멘트를 이어갔다.

"너무 많은 사람들이 기다리고 있잖아요."

"네에에에!"

"와아아아아악!"

"저도 막 심장이 두근대는 것 같네요."

능숙한 진행에 곳곳에서 웃음 소리가 터져 나왔다.

그와 비례해서 상준의 심장소리도 점차 커지고 있었다.

끼이익.

이제 우리 차례다.

"케이팝의 톱스타. 전 세계가 이 무대를 기다리고 있는 소리가 들리네요. 온탑 들리나요?"

"꺄아아아아!"

"네, 이 엄청난 함성 소리가 지구를 뚫어버릴지도 모르니 어서 부르도록 하죠!"

"와아아악!"

후우.

그래미 어워드에서의 첫 무대가 시작됐다.

이제는 정말 심장이 튀어나올 것만 같았다.

"탑보이즈의 무대, 지금 시작합니다!"

상준은 자신감 넘치는 미소로 발을 내디뎠다.

*　　　　　*　　　　　*

그래미 뮤직 어워드에서 탑보이즈가 선보인 첫 번째 곡은 데 뷔곡 '모닝콜'이었다. 해외 팬들에겐 인지도가 낮은 곳이었지만, 이 곡을 선정한 이유는 따로 있었다.

미숙한 탑보이즈의 신인 시절이 고스란히 담겨 있는 곡.

상준은 웃으며 천천히 넓은 무대를 걸어 나갔다.

"꺄아아아아아아!"

전화를 받는 포즈를 취하며 여유롭게 걸어가는 상준.

어제는 어땠어 이런 일이 있었어

오후까지 기다리긴 싫어

그래서 전화했어

이쪽이 그 유명한 그래미 시상식이라는 것도 잊은 채, 탑보이 즈는 탑보이즈다운 무대를 펼쳐 나갔다. 마치 콘서트장을 방불 케 하는 엄청난 함성 소리가 귓가를 울렸다.

푸른 물결이 탑보이즈의 노래를 따라 일렁거렸다.

이곳에서도 온탑은 자리를 지키며 탑보이즈를 응원하고 있었다.

　내 얘기를 들어볼래
　I wanna hear your voice
　아침을 깨우는 story

　이 넓은 무대에서도 절대 묻히지 않는 탄탄한 보컬. 상준의
완벽한 고음이 그래미 어워드 시상식장에 울려 퍼졌다.
　"맙소사."
　"진짜 대박인데."
　엠마 캐머런은 옆자리 스타들의 말을 들으며 피식 웃음을 흘렸
다.「에피소드」무대를 탑보이즈랑 공연한 지 겨우 9개월이 지났다.
　그런데 그사이에 또 무슨 일이 있었던 걸까.
　놀라운 성장.
　탑보이즈를 보면 그 한마디만이 떠오를 뿐이었다.

　기다리고 있었지만
　참을 수 없었어

　같은 모닝콜이었지만 이번 모닝콜은 사뭇 다른 의미로 다가왔다.

　'저희, 진짜 데뷔하는 거예요?'

　아무것도 모르던 그 시절의 모닝콜.

그때의 풋풋함은 조금씩 옅어져 갔지만 초심과 열정만은 그대로였다.

I wanna hear your voice
오늘도 하루를 기분 좋게 시작해

탑보이즈는 이곳이 시상식이라는 것도 잠시 잊은 채 화려한 무대를 펼쳤다.

"와아아아악!"

"탑보이즈! 탑보이즈! 탑보이즈!"

전 세계가 그들에게 열광했고, 상준은 깨달을 수 있었다.

유찬이 말했던 두 번째 탑.

지금의 탑보이즈는 명실상부하게 그 탑의 꼭대기에 서 있다는 사실을.

＊　　　　＊　　　　＊

"보이 그룹 퍼포먼스상. 오우, 벌써부터 막 긴장되네요."

"와아아아악!"

"2025년 그래미 어워드, 보이 그룹 퍼포먼스상. 수상자는……."

"워후."

사회자는 뜸을 들이는 데 소질이 있었다.

"과연 누굴까요?"

유명한 가수들의 이름이 하나씩 거론되었다. 그중 누가 상을 받는다고 해도 전혀 이상할 게 없을 정도로 쟁쟁한 후보들.

"하, 제발."

사실 힘든 일이라는 걸 알았다.

그 어떤 선배들도 한 번도 이뤄내지 못한 기록이니까.

그럼에도 욕심이 생겼다.

"한 번만이라도……."

저 상을 받고 싶다고 생각하고 있을 때였다.

"오우……. 제가 참 좋아하는 그룹인데요."

사회자가 탑보이즈 쪽을 돌아보며 기분 좋게 웃었다.

'설마?'

상준은 두 손을 모은 채 사회자를 뚫어져라 바라보았다.

그리고.

그의 입에서 믿기지 않는 한마디가 튀어나왔다.

"탑보이즈! 축하드립니다!"

"와아아아아아!"

시상식장 전체가 들썩였다. 케이팝에서의 첫 번째 그래미 어워드 수상. 그 엄청난 의미를 알고 있는 탑보이즈의 어깨도 공연장을 따라 들썩였다.

"……."

말도 안 돼.

그 뒤의 시간은 꿈만 같았다.

"올해의 레코드 부문……."

"워어어어어어!"

"과연!"

"발표해 주시죠!"

사회자는 대본을 높이 치켜올리며 큰 소리로 외쳤다.

"탑보이즈의「일루전」. 진심으로 축하드립니다!"

"네……?"

"뭐야, 진짜 우리야……?"

마지막으로.

올해의 앨범 시상까지.

"감… 감사합니다."

탑보이즈의 이번 정규앨범「ON TOP」이 차지하면서, 탑보이즈는 그래미 어워드의 3관왕을 차지했다.

단 하나도 아닌 무려의 세 개의 상.

탑보이즈가 이번 연도에 전 세계를 휩쓸었음을 증명해 주는 상이었다.

케이팝 역사상 단 한 번도 없었던 기록.

정상에 올랐음에도 잠시도 쉬지 않았던 것에 대한 보상이었다.

"…아."

그토록 받고 싶어 했던 트로피가 지금 그의 눈앞에 있다.

믿기지 않는 상황 앞에서 탑보이즈는 쉽사리 입을 열지 못했다.

"어……."

선우는 마이크를 집어 들며 눈물을 흘렸다.

"아, 죄송합니다."

"편하게 하셔도 됩니다. 괜찮아요, 원래 다들 여기서 울고 가거든요."

유쾌한 사회자의 말에 관객석에서 웃음이 터져 나왔다.

하지만, 그중에서는 탑보이즈를 따라 우는 관객들도 있었다.

"하……."

"어떡해. 나 울 거 같아."

그래미 어워드 시상식에서 탑보이즈가 수상하는 모습을 보겠다는 그 일념 하나로, 한국에서 이곳까지 날아온 팬들도 많았다. 탑보이즈를 이전부터 지켜봐 온 팬들은 선우의 눈물의 의미를 알 것만 같았다.

"쓰읍… 말이 쉽게 안 나오네요."

선우는 배시시 웃으며 마이크를 다시 붙들었다. 평생 두 번 다시 찾아오지 않을지도 모르는 기회다. 이렇게 울면서 날려 버릴 수는 없다는 생각에, 선우는 어떻게든 입을 열었다.

"솔직히 믿기질 않아요. 지금 이 자리에 있다는 것이, 진심으로요."

"괜찮아! 괜찮아! 괜찮아!"

옆에 서 있는 유찬의 눈시울이 붉어져 있었다.

"저는 참 부족한 리더라고 생각했어요. 퍼포먼스로 팀원들을 끌어가지 못하고, 보컬도……. 뭐, 비슷하고. 과연 제 힘으로 그래미 어워드를 뚫을 수 있었을까. 늘 그런 생각을 해왔어요……."

선우는 떨리는 목소리로 한마디 한마디를 뱉었다.

선우가 자신감이 부족하다는 것은 이미 익히 알고 있었다. 항상 자신이 가지고 있는 매력보다 자신이 없었던 선우다.

상준은 그런 선우의 어깨를 토닥이며 그의 말을 마저 들었다.

"그런데요……."

선우는 눈물을 닦으며 침을 삼켰다.

"이렇게 결국 올라설 수 있어서. 너무 멤버들에게 감사하고…
또, 참 여러 생각들이 들어요."

"……."

"내가 생각했던 것보다 나는 참 괜찮은 사람이구나."

와아아아.

선우의 한마디에 수많은 팬들이 함성을 내질렀다.

"지선우! 지선우! 지선우!"

리더 선우가 없는 탑보이즈는 상상조차 할 수 없었다. 데뷔 때
부터 상준이 절실하게 했던 생각이었다.

"선우 형은 연기도 잘하고, 리더도 잘하고. 잘 치우고……."

"제가 청소부인가요……?"

"아, 아무튼."

도영이 괜히 없은 말을 수습하자 관객석에서 웃음이 터져 나
왔다.

"도영아, 제발 네 자리는 네가 치우자."

"네, 죄송합니다……."

"푸흡."

상준은 피식 웃음을 흘리며 울먹이는 도영의 어깨를 툭 쳤다.

자연스럽게 마이크는 도영에게로 넘어갔다. 아까 농담을 던지는
와중에도 훌쩍이고 있었던 도영이 애써 멀쩡한 척 눈물을 닦았다.

"아, 진짜 이 마이크에 뭐가 있나 봐요."

"……!"

"이거만 잡으면 생각이 안 나요. 방금 진짜 아주 근사한 멘트

생각했는데……."

다 까먹었어요.

도영은 머리를 긁적이며 천천히 입을 뗐다.

"언제나 착한 선우 형, 성격은 더럽지만 능력 좋은 유찬이, 성실한 상준이 형. 부족하지만 참 애는 괜찮은 우리 제현이……."

"…뭐?"

"항상 고맙게 생각해요."

제현과 유찬은 고개를 갸우뚱하며 도영의 말을 듣고 있었다.

그런 둘을 지켜보고 있던 팬들은 울면서도 웃음을 터뜨렸다.

다섯의 팀워크가 없었다면 이 자리까지 오를 수도 없었을 테니까.

그런 도영을 지켜보고 있던 유찬은 붉게 충혈된 눈으로 도영의 마이크를 뺏었다.

"네, 제가 성격은 더럽지만 능력 좋은 그 유찬입니다."

"꺄아아아아!"

"저도 참 괜찮은 사람인데요. 도영이는 숙소 가면 이따 저한테… 아니, 벌써 도망갈 필요는 없어."

"차도영! 가지 마!"

"아, 여러분. 제발……."

울면서도 농담은 주고받는다. 동갑내기 케미를 선보이는 도영과 유찬을 돌아보며, 상준은 흐뭇한 미소를 지었다. 말은 저렇게 해도 둘이 가장 친했다.

유찬은 숨을 들이마시며 천천히 말을 이었다.

"제가 항상 온탑 여러분에게 들려주고 싶은 말이 있었어요."

"와아아아아!"

"저 위에서 손 잡아줘서 고마워요."

덕분에 힘을 낼 수 있었으니까.

"꺄아아아아악!"

"어떡해……. 저 멘트 뭐야……."

유찬의 한마디에 다시 시상식장이 한바탕 뒤집어졌다. 팬들은 푸른 물결을 넘실거리며 유찬의 멘트를 반겼다.

"후."

그다음은 제현이었다.

'어떡하지. 하, 미치겠다.'

잔뜩 긴장한 탓에 열심히 눈을 굴리고 있던 제현은 꾸물거리다가 유찬의 마이크를 건네받았다.

원래부터 말솜씨가 그럴싸한 편은 아니다.

탑보이즈 중에서도 워낙에 말을 잘 못하는 제현이지만…….

'형, 이거 어때?'

'뭘 그렇게 열심히 준비해.'

나름 그래미 어워드 시상식에 대한 욕심이 있었던 모양이었다.

대기실에서 열심히 연습하고 있었던 걸 한두 번 본 게 아니었다. 오늘은 제현의 갈고닦은 멘트를 선보일 기회였다.

제현은 부끄러운지 작은 목소리로 말문을 열었다.

"온탑 여러분……."

"와아아아아! 제현아!!"

탑보이즈의 막내 이제현.

데뷔 때부터 지금까지 순수한 매력으로 팬들에게 사랑을 받아왔다.

그걸 제현 역시 모르지 않았다.

하지만, 오늘 이 순간까지 뇌가 순수해지고 싶지는 않았다.

'나도 지적인 이미지를……'

제현은 떨리는 목소리로 외워두었던 멘트를 읊었다.

"지금 이 기적 같은 순간에……"

함께해 주셔서 감사합니다.

한 열 번은 넘게 저 멘트를 들었던 상준은 속으로 중얼거렸다.

그런데.

"아, 뭐더라."

뭐야, 저 멍청이는.

제현의 다음 멘트를 기억하고 있었던 탑보이즈 멤버들은 단체로 황당한 시선을 보냈다.

"그… 암튼 좋은 말이었는데."

세상에나.

제현은 해맑은 웃음으로 근사한 말을 대체했다.

"상 감사합니다아……"

저런.

그 와중에 예의 바르게 90도로 인사를 하는 제현이다.

그런 제현의 모습이 익숙한 팬들은 기분 좋은 웃음을 터뜨렸다.

처음이 아니니 그러려니 했다. 저런 모습까지 사랑해 줬었던 팬들이니까.

'이제현, 저 멍청한……'

"후우."

이제 정말 마지막이다. 이번에는 상준에게 마이크가 돌아왔다.

"네, 감사합니다."

상준 역시 제현 못지않게 수많은 멘트들을 머릿속에 그리고 또 그려왔다. 가수로 데뷔한 그때부터 이 장면을 수백 번은 반복했었으니까.

'그래미 어워드 시상식.'

"꺄아아아아!"

환호하는 저 팬들의 모습을 수없이 반복해서 봐왔다.

그래서.

그 꿈이 현실이 되었을 때, 상준은 무슨 말을 해야 할지 알았다.

"음악에는 언어가 없잖아요."

떨리는 목소리로 조심스레 내뱉는 한마디.

음악이 좋으면 우리는 그냥 듣는다. 그게 어떤 의미이든, 어떤 나라의 말이든 그게 꼭 중요한 것만은 아니다.

물론 장벽이야 있을 터였다.

하지만, 그걸 허물어 버리면…….

음악은 그저 음악일 뿐인데.

더 다른 말이 필요할까.

상준은 지금 이 순간이 마냥 감사했다. 높아 보이는 그 장벽을 뚫고 지금의 탑보이즈를 사랑해 주는 팬들이 너무 감사했고.

"여러분의 마음을 열어주셔서 감사합니다."

그게 유일하게 하고픈 말이었다.

"사랑해요, 온탑."

그래미 어워드 시상식장 위로.

거대한 푸른 물결이 넘실거리는 순간이었다.

제6장

ON TOP

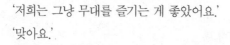

'저희는 그냥 무대를 즐기는 게 좋았어요.'

'맞아요.'

그래서 죽을 때까지 한번 뛰어보려고요.

탑보이즈가 웃으며 했던 말은 진심이었다. 세계가 우러러보는 스타가 되었다고 해서 변하는 건 없었다. 팬들을 위한 무대를 선보이는 아티스트. 여전히 탑보이즈는 그렇게 살고 싶었다.

무대에 설 때 살아 있음을 느끼는 사람들이니까.

"꺄아아아아!"

"와, 탑보이즈다!"

"이쪽 봐주세요오!"

"뭐야, 무슨 공연이야?"

"미쳤다, 미쳤어. 이거 좀 찍어봐."

탑보이즈가 그래미 어워드에서 3관왕을 차지한 후 선택한 스케줄은 세계 투어였다. 세계의 여러 명소를 돌아다니면서 무대를 선보이는 것.

꼭 근사한 공연장이 아니어도 괜찮았다.

스타디움 공연은 이미 했으니. 좀 더 대중에게 가까이 다가갈 수 있을 만한 무대가 뭐가 있을까.

해외 투어는 그런 탑보이즈의 고민 끝에 내린 결정이었다.

"맙소사."

즐거우면 됐다. 정신없이 바쁜 스케줄 속에서도 상준은 그렇게 생각했다. 어제와 다른 오늘의 새로운 풍경들을 열심히 눈에 담으며 공연을 이어갔다.

저 위로 올라가 보려 해
꿈꿀 수 없는 높은 탑이라고 해도

파리의 에펠탑 공원 옆에서.

탑보이즈는 「EIFFEL」을 선보였다.

"에펠탑에서 에펠을……."

"이야, 진짜 선견지명이네."

매일이 행복했다.

빛이 보였어
그곳에 함께해 줘

Dream the top
나도 올라설 수 있을까

노래를 부르는 것 자체가 기적이다.
탑보이즈는 그렇게 되뇌면서 시간을 보냈다.
소박하지만 거창한 공연을 선보이기 위해 노력했다.

'막 스케일이 클 필요는 없어.'
'대신 마음을 울리는 거……?'
'그건 완전 거하게 울려야지.'

노래를 부르고 싶은 곳에서 불렀을 뿐이었다.
탑보이즈의 명곡들이 참 잘 어울리는 장소들에서.

Silent world
이곳은 빛이 나는 무대

에베레스트산이 보이는 곳에서는 「그 위에서」를 공연했다.

그 위에서 나는 본 거야
Dream the top
날 위한 무대를

이 세상 그 어떤 곳에서 공연을 펼치든.

탑보이즈는 처음과 같은 모습으로 최선을 다했다.

그게 바로 탑보이즈니까. 그들이 이렇게 모인 이유니까.

그 위에서

나를 바라봐 줘

상준은 노래에 힘이 있다고 생각했다.

「WAY TO GO」 공연 때도 그랬지만, 음악에는 정말 힘이 있었다. 그리고, 그건 웃음 역시 마찬가지였다.

팬들에게 받기만 했던 시간이었다.

그 에너지를 돌려주기 위해서 상준은 고단한 스케줄에도 항상 웃으며 무대를 펼쳤다.

"와아아아악!"

그렇게 몇 달간 이어진 세계 투어의 종착역은 익숙한 장소였다.

"탑보이즈! 탑보이즈! 탑보이즈!"

하루에도 수많은 인파가 오고 가고, 차들이 쌩쌩 지나가는 대한민국의 중심지, 서울.

"촬영 갑니다아아!"

"네에!"

"크, 앵글 좋고. 그림 잘 나오겠는데?"

"잘생기게 찍어주세요! 아시죠?"

"그러엄. 가만히 서 있어도 화보네."

"크으, 역시 카메라 감독님."

도영은 엄지손가락을 치켜세우며 한 걸음 뒤로 물러섰다.

경복궁의 풍경이 카메라에 한 폭의 그림처럼 들어왔다.

드디어 마지막 무대.

탑보이즈의 첫 해외 진출의 발판이 되었던 곡.

「BREAK DOWN」의 강렬한 멜로디가 경복궁에 울려 퍼졌다.

"와아아아악!"

엄청난 함성 소리와 함께.

파악.

마지막으로 불꽃이 허공에 튀었다.

*　　　　　*　　　　　*

"우리 불꽃놀이 했을 때 기억나냐?"

알록달록한 색들이 하늘을 수놓았다.

상준은 가슴 벅찬 심정으로 밤하늘을 올려다보았다.

"그때 도영이가 그랬잖아. 블랙빈이 불꽃놀이 하고 대박 났다고."

데뷔하기 전 도영이 미신 삼아 들고 왔었던 조그만 불꽃놀이 세트.

그때는 몰랐다.

이렇게 엄청난 스케일로 불꽃을 터뜨리게 될 날이 올 줄은.

그림 같은 풍경 앞에서 상준은 입을 떡 벌렸다.

타다닥.

캠프파이어를 하는 것처럼 불꽃들이 하늘에서 맞닿아 터졌다.

"얼마짜리 불꽃이야……."

자본주의의 노예 유찬의 말은 대충 넘기고.

상준은 감성에 젖은 얼굴로 작게 중얼거렸다.

"…행복하다."

그 말 외에는 달리 표현할 방법이 없었다.

이렇게 우리들의 이름으로 된 곡을, 수많은 사람들이 좋아하고 힘을 얻는다는 사실이 마냥 행복했다.

"앞으로도 행복할 수 있지 않을까."

경복궁 뒤편을 돌아보던 선우가 작게 중얼거린 말에, 상준은 누구보다 확신에 찬 얼굴로 고개를 끄덕였다.

"그건 당연한 거 아냐?"

*   *   *

탑보이즈, 블랙빈. 그리고 마이데이라는 떠오르는 신흥 강자까지.

원래도 5대 기획사급에 들었던 JS 엔터는 지난 몇 년 사이 폭풍 성장을 이뤄냈다.

SG 엔터테인먼트가 예전의 위치에서 멀어지면서, JS 엔터는 국내 탑 3를 차지했다. 하지만, 말이 탑 3일 뿐 실제 위치는 그보다도 높았다.

'요즘 가장 잘나가는 회사가 어디야?'

'그거 물을 필요가 있나. 솔직히 JS 아냐?'

탑보이즈는 명실상부 케이팝의 선두를 이끌고 있고, 블랙빈의 위상도 앨범을 낼 때마다 눈에 띄게 오르고 있었다. 상운을 영입한 이후부터는 더욱 그랬다.

상운이 예리한 시선으로 곡을 뽑아내는 바람에, 믿고 듣는 블랙빈이라는 수식어까지 붙고 있었으니까.

블랙빈의 파워 역시 케이팝의 시장을 이끌기에 충분했다.

그렇기에 JS 엔터에서 과감한 이벤트를 내놓았을 때 대중들은 난리가 났다.

「JS 엔터 여름 특별 콘서트 개최, 영국 웸블리 스타디움에서?」

「JS 엔터의 초강수, 화려한 라인업. 탑보이즈, 블랙빈, 마이데이, 주형X새별 콘서트 선보여」

─미친 탑보이즈가 나온다고요? 근데 가격이… ㄱ… 가격이…….

ㄴ제 통장은 이제 JS 겁니다

ㄴ오 망했네 ㄷㄷㄷㄷㄷ

ㄴ와 이런 콘서트를 국내도 아니고 해외에서 개최해? 미쳤네 ㄷㄷ

ㄴ블랙빈 입지도 확실히 굳어질듯

ㄴ일단 탑보이즈 때문이라도 전석 매진이겠네 ㅋㅋㅋㅋ

─아… 마이 머니… 어떠케…….

ㄴ주형 새별은 저기서 데뷔하는 거임?

ㄴㄷㄷ 그런 듯?

ㄴ하긴 데뷔할 때가 됐지;; 팬이 얼마나 많은데 ㄷㄷ

ㄴ200만 구독자 넘었잖아. 전 세계 팬들이 데뷔할 날만 기다리고 있을 듯

└그래도 복 받은 건 맞지 그 어떤 신인이 웸블리 스타디움에서
데뷔를 하냐고 ㅋㅋㅋㅋㅋ
　└2222222
　└이게 탑보이즈의 파워인가, 아니면 JS의 스케일인가?
　─일단······. 돈을 어디로 입금하면 되는 거죠?
　└ㅋㅋㅋㅋㅋㅋㅋㅋㅋㅋㅋㅋ
　└네······. 이미 저는 거지가 되어버렸어요
　└짠한데 웃기잖아······.
　└이렇게까지 다! 털어가야··· 속이 시원했냐!
　└하지만 살 거잖아
　└넹 ○○ 비행기표도 살 거임 ㅎㅎ

유명 가수들을 줄줄이 데뷔시킨 JS의 기술은 해외에서도 상당
히 궁금해했다. 다른 JS 엔터의 가수들 역시 차세대 케이팝의 유
명 스타들이 될 것이라는 전망이 가득했다.

JS가 무리수를 던졌다는 의견도 많았지만, 실제 결과는 그렇
지 않았다.

전석 매진이다.

그것도 몇 분도 되지 않은 시간 만에.

"와아아아아아!"

탑보이즈의 영향력이자, JS 엔터의 영향력.

JS 엔터의 야심작, JS 여름 콘서트가 그렇게 막을 올렸다.

＊　　　＊　　　＊

영국의 심장이라고 불리는 영국 웸블리 스타디움.

이곳에서 전석 매진을 만들어낸다는 것 자체가 케이팝의 기적이었다.

탑보이즈 역시 진심으로 서고 싶은 무대 중 하나였다.

"여기를 다 오네."

상준은 상기된 목소리로 말을 뱉었다.

9만 명이 넘는 관객들이 웸블리 스타디움을 가득 메우고 있었다. 함성 소리가 이미 천장을 뚫고 올라갈 거 같았다.

"아, 미치겠어요."

이런 무대를 여러 번 경험해 본 탑보이즈는 그나마 침착한 기색이었다. 하지만, 마이데이를 포함한 다른 아티스트들은 그렇지 않았다.

"너는 좀 괜찮아?"

"나름?"

상준은 넌지시 상운에게 물었다. 잔뜩 긴장하고 있을 줄 알았는데 여유가 넘치는 눈빛을 보니 그건 또 아닌 거 같다.

"너도 참……."

무서운 녀석 같으니라고.

역시나 무대 체질이 틀림없다.

심지어 사실상 선배나 다름없는 마이데이에게 부드러운 말까지 건네고 있었다.

"에이, 그렇게 떨 필요 없어요. 다 팬들인데."

"후우, 저 진짜 미칠 거 같아요."

시은은 차가워진 손을 만지작거리며 심호흡을 했다.

이번에도 우진이 작곡한 곡으로 화려한 컴백을 했던 마이데이.

슬슬 해외에서도 입질이 오고 있었던 덕에 월드 투어를 돌긴 했지만, 이런 대규모의 콘서트는 아니었다.

"전석 매진이래요, 전석 매진."

"와아아아! 대박이다!"

도영은 해맑게 손을 흔들고 있었지만 마이데이는 아닌 거 같았다.

"아, 무서워서 죽을 거 같아요."

"잘할 건데, 뭐."

그리고 그런 상준의 예감은 맞아떨어졌다.

"마이데이 무대 시작할게요!"

"아아아악! 어떡해!"

"자, 나와주세요!"

*   *   *

"거봐, 내 말이 맞잖아……."

마이데이의 무대는 완벽했다. 대기실에서 무대를 지켜본 상준은 확신할 수 있었다. 분명 해외 팬층이 두터워졌을 터였다.

"잘하지?"

"엄청요……."

이번에는 이 녀석들이 떨고 있다.

상준은 늘 껄렁하던 주형이 아랫입술을 지그시 깨물고 있는 모습을 물끄러미 바라보았다.

"그러다가 피 나겠다."

"헉. 그러면 무대 못 설까요?"

"그거 걱정할 시간에 일단 서보는 게 낫지 않을까."

홍주형, 한새별.

둘의 너튜브는 수많은 사람들의 시선을 끌어모았다.

독특한 목소리와 음악 스타일로 사람들의 마음을 사로잡은 것이었다.

충분한 포텐이 있는 가수들이다.

대중들의 평가는 그랬다.

기존의 아티스트들이 정신없이 스케줄을 소화하는 바람에 일정이 조금 밀리기는 했지만, 어렵사리 데뷔도 결정되었다.

그리고.

오늘이 둘의 데뷔무대였다.

"처음 봤을 때 니들도 참 장난 아니었는데."

주형은 처음 면접 때부터 껄렁한 자세로 상준에게 F를 받아버렸고. 새별도 자신 없이 무력한 모습 그 자체였다.

그때는 이런 애들을 이끌고 데뷔가 가능할까 의문이 들었지만.

'이렇게 데뷔를 하네.'

괜히 흐뭇한 미소가 입가에 걸렸다.

"이번 노래 누가 작곡했다고?"

"개복치 작곡가님!"

"개복치 한 마리요."

"…야."

상준은 주형을 바라보며 혀를 내둘렀다.

"아, 농담이에요."

"그래도 사람처럼 대해줘라. 곡도 만들어줬는데."

"크, 물론이죠."

주형은 피식 웃으며 떨리는 두 손을 모았다.

이번 앨범의 데뷔곡도 상준의 손길이 닿았다.

해외 투어를 도느라 정신없이 바쁜 와중에도, 이 곡만은 꼭 자신이 만들어야 한다고 생각했던 상준의 열정 덕분이었다.

'완전 처음부터 봐온 친구들이니까.'

주형과 새별은 상준이 픽했던 녀석들이나 다름없었다.

저 둘의 목소리로 노래를 만들고 싶다.

프로듀서로서의 원초적인 열망 때문에 둘을 선택했다.

'그러니 책임을 져야지.'

상준은 덜덜 떨고 있는 주형의 어깨를 토닥였다.

"그냥 처음부터 참 감사했어요."

음악을 포기하려고 했을 때, 자신의 손을 잡아준 것이 바로 상준이었다. 그걸 기억하고 있는 주형에게 이 순간은 그저 감사함뿐이었다.

"감사하면… 잘하고 와."

무대를 찢어놓고 오기를.

상준은 멀어지는 둘의 뒷모습을 보면서 작게 중얼거렸다.

*   *   *

"데뷔무대를?"

"그걸 거기서 한다고?"

사실 처음 JS 콘서트 기획에 주형X새별은 빠져 있었다. 이미 너튜브로 화려한 인기를 끌고 있긴 했지만 정식 데뷔 아티스트가 아닌 이상 JS 여름 콘서트에 참가시킬 생각은 없었던 때였다.

"기왕 할 거 확실하게 하는 것도 나쁘지 않잖아요."

그때 상준이 묵직한 제안을 하나 던진 것이었다.

회의실에 있던 1팀장의 얼굴이 굳었다.

"아무리 그래도……."

JS 엔터는 이번 콘서트를 월드 스케일로 잡을 생각이었다.

영국의 심장이라고 불리는 웸블리 스타디움을 그 무대로 잡은 것도 비슷한 맥락이었다.

'블랙빈이랑 마이데이도…….'

둘을 대놓고 밀어주겠다는 계획이 엿보이는 공연.

거기에 데뷔도 하지 않은 주형과 새별을 넣는 일은 쉽게 결정하기 어려웠다. 조승현 실장은 머리를 짚으며 조심스레 입을 열었다.

"너무 큰 공연 아닐까?"

탑보이즈 대표로 자리한 상준과 선우는 서로를 돌아보며 조심스레 입을 열었다. 사실 이번 콘서트를 준비하면서 탑보이즈가 단체로 생각했던 의견이었기 때문이었다.

"좋은 기회가 될 거 같아요. 그 친구들한테도."

대형 기획사와 중소 기획사의 아이돌은 스타트부터 다르다.

대부분의 신인은 대중의 관심 밖이지만, 대형 기획사의 전폭적인 신인 밀어주기는 스케일 자체가 다르기 때문이다.

이색적인 이벤트는 별 관심 없던 대중도 한 번쯤 돌아보게 만든다.

노이즈마케팅이라고 했다. 회사가 밀어주는 거냐고 욕을 먹을지언정, 그만한 주목을 받는 것조차 간절할 신인들이 훨씬 더 많다.

탑보이즈와 엠마의 콜라보레이션도 그랬다.

처음에는 욕을 먹었지만, 배로 성장할 수 있는 기회가 되었음은 부정할 수 없었다.

'어쩌면 이것도 기회일 수 있어.'

그렇게 할 수 있는 방법이 있다면, 도와주고 싶었다. 탑보이즈는 맨땅부터 올라왔지만, 후배들까지 그렇게 만들고 싶지는 않아서였다.

'형, 그 친구들한테 애착 많잖아.'

상준에게 프로듀서의 꿈을 가져다준 친구들이라는 것은, 옆에서 지켜보고 있던 탑보이즈도 알았다.

모든 곡을 써주면서까지 키우고 싶어 했을 만큼.

'선배답게 하나 해주는 것도 나쁘지 않지.'

도영이 능청스럽게 웃으며 건넸던 제안이 사뭇 스케일이 커지기는 했지만, 탑보이즈는 진심으로 이 계획을 통과시키고 싶었다.

"괜히 반감 살 수도 있어. 아직 그런 큰 무대 설 정도로 경력이 있는 것도 아니고⋯⋯. 인지도야 많이 알려지긴 했지만⋯⋯."

"애들은 좋아할 거 같은데요."

선우가 웃으며 한마디를 더했다. 그간 탑보이즈가 지켜봐 온 주형과 새별은 자신 없어 보이는 성격에 비해 제 할 일은 굳세게 해내는 친구들이었다.

웸블리 스타디움에서 데뷔하게 된다는 소식을 들으면 걱정은 잠깐이지, 좋아서 날뛸 게 분명했다.

"⋯그렇겠지."

아티스트의 일이라면 늘 조심스러워지는 그의 마음을 이해하지 못하는 것도 아니었다. 탑보이즈에게도 그랬으니까.

하지만, 이번만큼은 상준도 자신 있었다.

상준은 고개를 끄덕이는 조승현 실장을 향해 웃으며 말했다.

"그리고."

"⋯⋯."

"잘해낼 애들인 거, 아시잖아요."

*　　　　　*　　　　　*

「주형X새별. 웸블리 스타디움에서 화려한 데뷔」

─무대 미쳤는데요????
　ㄴ노래 개좋아 ㄷㄷㄷㄷㄷ
　ㄴ외쳐 갓복치

ㄴ갓복치님 믿습니다

ㄴ외쳐 갓복치 ㅋㅋㅋㅋㅋㅋㅋㅋ

ㄴ개복치! 개복치! 개복치!

─음색도 미쳤고 노래도 미쳤고 애들 걍 다 미친 듯

ㄴ여기 현장에 갔어야 했는데 ㅠㅠㅠㅠ

ㄴ아 부럽다 진짜

ㄴ케이팝의 미래가 전부 여기에 있어요 ㄷㄷ

ㄴ무대 본 사람들 말만 하지 말고 찌라시 좀

ㄴㅋㅋㅋㅋㅋㅋㅋㅋ

ㄴJS 엔터가 뼈를 갈았다 진짜

ㄴ22222 공감하는 바

─괜히 200만 구독자가 아니지

ㄴ단언컨대 엄청나게 성장할 친구들임

ㄴ그저 빛…….

ㄴ와 이제 블랙빈이랑 탑보이즈 공연 남은 건가???

ㄴㄷㄷㄷㄷㄷㄷㄷㄷㄷ

"네, 반갑습니다."

실시간 댓글에서 현장에 온 팬들이 열심히 말을 나르는 사이, 상준은 마이크를 손에 쥐었다.

덜덜 떨고 있던 주형과 새별이 그제야 해맑게 웃어 보였다.

둘의 무대는 상준의 눈에도 만족스러웠다.

저 둘을 생각하며 곡을 썼기 때문이었을까. 마치 딱 맞는 옷을 입은 느낌으로 완벽한 무대를 선보일 수 있었다.

"꺄아아아아!"

웸블리 스타디움 내로 팬들의 환호성이 둘을 향하고 있었다. 그야말로 성공적인 데뷔였다. 주형은 두 손을 공손히 모은 채 큰 소리로 외쳤다.

"자, 개복치 작곡가님께 감사 인사."

"감사 인사아……."

그걸 또 열심히 따라 하는 새별이다. 상준은 황당한 나머지 웃음을 터뜨리며 팬들을 돌아보았다.

"개복치! 개복치! 개복치!"

해외 팬들이 따라 하기엔 어려운 발음인 것 같은데도, 단체로 곧잘 따라 하고 있다. 상준은 손사래를 치며 억울한 눈빛을 보냈다.

"제발 이름으로 불러주세요."

이게 다 JS 때문이다.

망할 사람들 같으니라고.

"다들 수고했어요."

어찌 되었든 데뷔무대를 성공적으로 끝마친 주형과 새별에게 눈인사를 건넨 상준은 대본을 오른손에 꼭 쥐었다.

"제가 또 진행의 달인이라서 이렇게 나왔습니다."

망할.

회사는 이렇게 이상한 것만 늘 시킨다.

상준은 속으로 투덜거리면서도 팬들의 향해 웃었다.

"제가 너무 기대하는 무대가 기다리고 있거든요."

"와아아악!"

방금 전의 말은 빈말이었어도 이건 진심이었다.

상준이 너무도 기다리고 있는 무대.

웅장한 BGM과 함께 익숙한 비주얼들이 무대 뒤편에서 나타났다.

"블랙빈의 무대 시작하도록 하겠습니다!"

*　　　　*　　　　*

영국 웸블리 스타디움.

이 꿈의 무대에 발을 디디게 되었을 때, 블랙빈은 진심으로 행복해했다. 다른 거대 스타디움에서도 공연 한 번 해본 적이 없던 블랙빈이다.

블랙빈의 인지도가 부족해서는 절대 아니었다.

이미 충분히 국내에서 승승장구를 하고 있는 블랙빈이지만…….

'그 스타디움 선 케이팝 가수가 몇이나 있다고.'

한 손가락 안에 들 수준도 아니다.

거의 찾아볼 수 없을 정도니까.

'진짜 형 덕분이라고 생각해.'

블랙빈 단독으로는 설 수 없을 무대라고 생각했다.

실제로 사람들의 인식도 그랬고.

그래서인지 블랙빈은 무대를 망칠까 봐 상당히 두려워했다.

'그럴 필요 없다니깐.'

무대를 준비하는 데 있어서 엄청난 부담감을 느끼고 있는 블랙빈 멤버들에게 탑보이즈가 건넨 말이 있었다.

탑보이즈 기준으로는 1년 차 선배인 블랙빈이다.

실력으로 주눅들 필요가 전혀 없다는 의미였다. 재능으로 똘똘 뭉친 다섯이 모였으니 얼마나 화려한 무대가 나올까.

블랙빈은 탑보이즈와 전혀 다른 성향의 그룹이었다.

강렬한 퍼포먼스 위주의 그룹이니 오히려 해외 팬들이 더 좋아하는 스타일에 부합했다.

'우리가 엠마 캐머런과 첫 무대 했을 때 어땠더라?'

누구는 비웃었고 누구는 깎아내렸다.

하지만, 지금의 탑보이즈는 누가 뭐래도 세계의 정상에 서 있었다.

'자신감을 가져.'

그리고.

상운은 그런 상준의 말을 완벽하게 따르고 있었다.

"어떻게 저렇게 잘하지?"

This is my love poison
난 벗어날 수 없어

블랙빈의 러브 포이즌 무대.

뒤늦게 멤버로 들어간 상운은 처음부터 이 노래의 주인공이었던 것처럼 자연스레 스며들었다.

'쟤도 진짜 볼 때마다 느는구나.'

과거의 실력을 완벽히 되찾은 모습. 상준은 괜히 뭉클해져 눈시울을 붉혔다. 블랙빈과 같은 연차라고 해도 믿어질 정도로 너무 무대를 잘했다.

"상운이 진짜 잘한다."

상준의 옆에 서 있었던 유찬은 작은 목소리로 상준의 귓가에 속삭였다. 상준은 제 칭찬인 양 흐뭇한 미소를 지어 보였다.

"그러게."

쉬지 않고 외쳐
It's like a love poison

존재 자체로 화려한 블랙빈의 세 곡이 연달아 끝이 나고.

"다음 무대는 탑보이즈가 준비합니다!"

"꺄아아아아!"

온탑이 가장 기다리는 탑보이즈의 무대가 막을 올렸다.

*　　　*　　　*

첫 번째 무대는 '모닝콜'이었다.

데뷔무대라 어딜 가서든 항상 하게 되는 곡이었지만.

'내가 이 나이에······.'

아, 이 파트만은 할 때마다 참 힘들다.

물론 그렇다고 안 할 수는 없었지만.

"전화받아."

후.

이것이 자본주의의 힘이다.

"꺄아아아아아!"

"상준아, 사랑해!"

"어머, 어떡해."

상준은 손이 오그라들 것만 같은 파트를 완벽하게 선보였다. 덕분에 웸블리 스타디움은 한바탕 난리가 났다.

"저걸 실시간으로 듣다니……."

"미쳤다."

"난 오늘 죽어도 여한이 없을 거 같아……."

초심은 여전히 그대로였지만, 저 파트는 그대로가 아니었다.

예전의 '전화받아'가 상큼한 첫사랑 그 자체였다면, 지금은 다소 대부업체 같은 면이 없잖아 있었다.

'돈 받으려고 전화하는 느낌인데.'

쓸데없이 저 파트에서 카리스마를 살리고 있다.

뒤에서 상준을 지켜보던 유찬은 웃음을 참느라 정신없었다.

"와아아아아악!"

콘서트장이 너무 넓은 터라, 다행히 팬들은 눈치채지 못한 것 같았다. 이어서 탑보이즈의 히트곡들이 나란히 이어졌다.

빛이 보였어
그곳에 함께해 줘

팬들 사이에선 영원한 명곡이라고 불리우는 「EIFFEL」.

Dream the top
나도 올라설 수 있을까

도영은 행복한 미소를 지으며 제 파트를 자신 있게 불러 나갔다.

그의 목소리가 팬들의 환호성과 한데 뒤섞여 아름다운 무대
가 만들어졌다.

참 신기한 일이다.

매번 무대를 할 때마다 느끼는 거지만, 모든 무대가 다르게
느껴진다.

오늘 무대의 색은 뭘까.

상준은 푸른 물결을 흔들고 있는 팬들을 보며 잠시 고민했다.

에펠탑 아래에서 펼쳤던 무대는 옅은 하늘색이었고.

그래미 어워드에서 펼쳤던 무대는 레드카펫 같은 붉은 색이었
다.

그리고 오늘의 무대는…….

백색이었다.

순수함으로 돌아간 것만 같은, 그런 색깔의 무대.

너가 자꾸 생각나
What's your color
이 노래의 색을 칠하고 싶어

마지막으로 탑보이즈가 선곡한 노래는 비교적 최근에 나온 「너의 노래」. 새하얗게 느껴지는 무대 위에서 탑보이즈는 부드럽게 미끄러졌다.

올라갈 수 있을까
그 질문에 대한 답을 알려줘

가수과 관객이 호흡하는 무대.
뜨거운 열기가 지금 이곳을 달구고 있었다.

너의 노래가
단 하나의 노래가
푸른 하늘을 적셔

탑보이즈는 단체로 손을 흔들며 팬들의 환호성을 온몸으로 느꼈다. 마치 폭포수처럼 쏟아지는 함성 소리는 온몸의 세포를 하나하나 깨우는 것만 같았다.
그렇게 완벽한 퍼포먼스가 막을 내리고.
"와아아아악!"
그때였다.
딸깍.
화려한 조명이 비추고 있던 무대 위로 전등이 하나씩 꺼지기 시작했다.

"뭐지?"

"퍼포먼스인가?"

그와 동시에 양 끝에 서 있던 유찬과 도영이 천천히 멀어진다.

그다음에는 선우와 제현.

"……!"

말없이 무대 아래로 내려가는 탑보이즈 멤버들.

팬들은 의아한 기색으로 숨죽여 무대를 기다렸다.

"어떻게 된 거지?"

어느새 어둑해진 무대 위에는 상준만이 홀로 남아 있었다.

「연기 천재의 명연」. 상준은 쓸쓸한 표정으로 허공을 똑바로 응시했다.

그 순간.

"어어……!"

무대 뒤편으로 영상이 떠올랐다.

*　　　　*　　　　*

상준의 아이디어로 준비했던 VCR 영상.

"헉."

영상이 흘러나오자마자 곳곳에서 팬들의 탄성이 튀어나왔다.

이번 콘서트를 통해 전하고 싶었던 탑보이즈의 진심을 담은 영상 편지. 너무 많은 사랑을 받았던 지난 시간들을 이렇게나마 보답하고 싶은 마음이었다.

"탑보이즈다……!"

"상준이 나온다."

"대박. 깜짝 이벤트야?"

웅성대는 팬들 사이로 상준의 차분한 목소리가 흘러나왔다.

맨정신으로는 하기 힘든 말들이긴 했지만, 오늘이라면 가능할 거 같았다.

—탑보이즈가 어떤 가수로 기억될까. 고민을 많이 했던 때가 있었어요.

쉼 없이 달려왔던 시간들 동안 슬럼프가 오지 않았다면 거짓이었다.

—부족한 실력의 제가……. 심금을 울리는 곡이라든가, 여러분들의 인생곡을 만들고 싶었던 것은 아니에요.

영상 속 상준은 흐릿한 미소를 지으며 팬들을 바라보고 있었다. 그게 이 자리에 있는 팬들의 마음을 흔들어놓았다.

—그저 하루를 기분 좋게 마무리할 수 있는 노래.

"……."

—이따금 생각나면 나도 모르게 흥얼거리게 되는 그런 노래. 그런 노래를 부르는 가수로 기억되고 싶어요.

"…와."

팬들의 탄성 소리에 상준은 두 손을 모은 채 고개를 숙였다. 나름 진심을 담았던 영상 편지였지만 이렇게 본인의 귀로 들으니 부끄러워 죽을 지경이었다.

"후."

상준이 깊은숨을 들이 내쉬는 사이에도, 영상 편지는 천천히 흘러갔다.

—더 감각적이고 실력 있는 아티스트들이 쏟아져 나오겠지만…….

언젠간 그 아티스트들 틈에서 조금씩 추억이란 이름으로 흩어지고 말 것이다. 그 어떤 위대한 가수들도 그랬듯이.

하지만.

—온탑에게 기억될 수 있는 가수라면, 저는 충분합니다.

영상 속의 상준과 무대 위의 상준이 겹쳐졌다. 아까 전까지 고개를 숙이고 있었던 상준은 환하게 웃으며 자리에서 일어났다.

마이크를 잡은 상준이 천천히 앞으로 걸어 나왔다.

"와아아아아아악!"

짝짝짝.

그런 상준을 향해 박수갈채가 쏟아졌다.

영상 편지 속에서 탑보이즈의 진심을 느껴서일까.

"언제나! 함께해 줘! 고마워!"

"꺄아아아아!"

팬들은 일제히 탑보이즈의 이름을 외치며 열광했다.

이토록 자신을 믿어주고 좋아해 주는 팬들이 고마웠다. 상준은 미소를 지으며 손을 흔들었다.

"자, 그런 의미에서……."

울컥한 나머지 살짝 목소리가 흔들렸지만.

이 정도는 모른 척해주길 바라는 마음으로, 상준은 천천히 입을 뗐다.

"오늘 제가 특별한 무대를 준비했습니다."

"와아아아아!"

어떤 무대일까.

화려한 퍼포먼스를 선보이는 무대, 그게 아니라면 감성적인 발라드로 팬심을 자극할 무대. 혹은…….

'또라이……?'

탑보이즈가 이전에 숱하게 보여줬던 다소 독특한 무대들까지.

팬들은 이어질 무대를 기대하는 마음으로 두 눈을 반짝였다.

"아주……. 특별한 무대거든요."

상준은 웃으며 특별함을 강조했다.

그에게는 다른 의미로 참 특별한 무대.

"어……?"

상준이 천천히 고개를 돌린 순간.

무대 뒤편의 조명이 은은하게 켜졌다.

"뭐야."

웅성거리는 팬들.

"허억."

"상운이……?"

무대 끝에서 걸어 나오는 얼굴을 확인한 팬들의 얼굴이 밝아
졌다.

상준은 무대 위에서 상운을 반기며 싱긋 웃어 보였다.

이렇게 나란히 서기까지.

참 오랜 시간이 걸렸던 무대다.

"많이 기대해 주세요."

진심을 담은 상준의 목소리가 유난히 떨리고 있었다.

그리고.

파악.

둘의 무대를 기다렸던 불꽃이 양 끝에서 터져 나갔다.

*   *   *

"이번 콘서트 어때?"

"콘서트?"

"JS 여름 콘서트."

처음 JS 여름 콘서트가 결정되었을 때. 상준이 블랙빈 연습실
로 찾아가 넌지시 물은 말이 있었다. 상운은 기분 좋게 웃으며
고개를 까닥였다.

"더할 나위 없는 기회지. 내가 언제 그런 데 서보겠어."

"그렇지……."

"가만 보면 내가 참……. 인복은 좋은 거 같단 말이야."

건강은 개복치지만.

상운은 장난스럽게 웃으며 말을 더했다.

"몇 년 만에 돌아와도 나 반겨주는 멤버들도 있고. 전 세계 탑인… 형도 있고? 뭐, 성격은 조금……."

"조금 뭐."

"열정이 과하지만?"

상준은 상운을 따라 웃으며 곧바로 인정했다.

본인이 생각해도 열정이 과하긴 한 편이다.

그런 의미에서.

"열정 한번 불태워 볼래?"

"좋지."

상준의 제안을 무슨 의미인지도 모른 채 덥석 받아들였던 상운이었다. 처음에는 그 제안이 합동무대라고는 상상조차 못 했었다.

"합동무대를… 한다고?"

"하고 싶은 곡 있으면 맞춰줄게."

"나 진짜 자신 없어."

처음에는 고개를 저었던 상운이었다.

"후."

하지만, 하루도 지나지 않아서 상운은 마음을 바꿨다. 상준도 상준이었지만 상운 역시 누구보다 바라왔던 무대였기 때문이었다.

"그래, 하자."

"콜."

"무슨 노래든지. 한번 보여주고 오자고."

*　　　*　　　*

'나 가끔 겁이 나더라고.'

혹시 자신이 민폐가 되지는 않을까.

항상 그 걱정에 빠져 살았던 상운이었다.

누구보다 상운의 재능을 잘 알고 있는 상준이기에, 상운이 그
런 기색을 보일 때마다 마음 한편으론 참 안타까웠다.

상준이 제안을 건넨 것도 같은 맥락이었다.

'같이 무대에 서볼래?'

'무대에?'

'너, 하고 싶어 했잖아.'

상준은 YH의 가망 없는 연습생이고.

상운은 JS의 유망주였던 시절.

상운이 매일같이 상준에게 했던 말이 있었다.

'우리 같이 정상에 오르자.'

그때는 허황된 말이라고만 생각했었다.

'같이 정상에 올라서, 같이 무대를 뛰는 거야.'

데뷔는 할 수 있을까. 월말 평가에서 떨어지진 않을까.

그때는 그냥 그게 급급했다.

최 실장에게 날선 말을 들을 때마다 화려한 데뷔를 그리며 버
텼어도, 세계의 정상에 오를 거라는 희망을 가져본 적은 없었다.

오르지도 못할 나무를 처다볼 자신은 없었으니까.

'무대에 같이 서자.'

말끝마다 그 말을 더하는 상운에게 짜증 섞인 말을 던진 적
도 있었다.

'후, 무대에라도 서면 좋겠다. 정상은 무슨.'
'안 될 건 또 뭔데.'
'안 될 거? 충분히 있지. 너라면 모를까 나는……'

워낙에 긍정적인 상운이었으니까 자신의 허접한 실력을 보고
도 저렇게 말하는 거라고. 절대 있을 수 없는 일이라 단언했었
다.

비주얼 때문에 뽑은 거다.

연습 똑바로 해도 넌 안 될 거다.

최 실장이 폭언을 쏟아낼 때마다 흔들렸던 상준을 잡아준 건

상운이었다.

'아니야. 약속해. 같이 무대에 선다고.'
'…그래.'

덕분에 힘을 내긴 했지만, 별생각 없이 했던 약속이었다.
상운이 쓰러진 후에는 매일을 되새겼던 약속이었고.

'나, 나름 높게 올랐어. 같이 무대에 서고 싶다. 그렇게 약속한 거
아니었어?'

근데 왜 이 무대 위에 네가 없냐고.
"……."
첫 신인상을 받았을 때 그런 생각을 하며 눈물을 흘렸었다.
솔직한 마음으로는 그때도 불가능할 거라 생각했다.
이렇게 나란히 무대에 선다는 사실 자체가.
그런데.
"와아아아아아!"
결국 이렇게 나란히 무대 위에 섰다.
이 드넓은 무대 위에 오직 상준과 상운만이 서 있었다.
"하."
이런 날도 오네.
묘한 감정이 지금의 상준을 휩쓸었다.
"상준아아!"

"탑보이즈 파이팅! 블랙빈 파이팅!"

"멋지다아아!"

수없이 머릿속으로 그려왔던 무대. 상준은 천천히 관객석을 눈으로 담았다. 그리고, 옆에 서 있는 상운을 힐끗 돌아보았다.

'좋다.'

저 녀석 역시 같은 생각을 했던 게 틀림없다.

상운 역시 상준을 돌아보며 환하게 웃고 있었다.

그 환한 미소에 상준은 눈시울을 붉혔다.

누군가가 수없이 꿈꿔온 일이잖아

저 위로 올라서

둘의 선곡은 탑보이즈의 「ON TOP」이었다. 마침내 정상에 다다랐음을 되새기는 노래. 지금 이 스타디움과도 너무 잘 어울리는 곡이었다.

수없이 꿈꿔왔던 순간을 마주했을 때.

그 마음을 담아 부르는 노래.

We are on top

찬란한 빛을 향해 걸어

탑보이즈 원래 버전과 달리 편곡한 버전은 훨씬 짙은 감성이었다. 다섯 명이 나눠 부르던 파트를 둘이 부르게 되면서, 딥한 감정에 힘을 실어 노래를 바꿨다. 읊조리듯 내뱉는 상운의 미성이 팬들의 마음을 울렸다.

환상적인 이 무대 위에서
우리는 결국 함께할 거야

호소력 짙은 상운의 목소리 위로 상준이 천천히 화음을 쌓았다.
나란히 노래를 불렀던 게 얼마 만인가 싶었지만, 둘의 목소리
는 딱 맞는 퍼즐처럼 부드럽게 어우러졌다.

We are on top
어둠이 가득한 이 무대 위를
기적처럼 새로이 밝혀

퍼포먼스를 선보이면서도 전혀 흔들리지 않는 모습.
"와."
완벽한 재능이 완벽한 무대 위에서 빛나고 있었다.
가슴이 벅차올라 가사 한마디 한마디를 내뱉는 것조차 힘겹
게 느껴졌다. 그럼에도 상준의 두 눈은 반짝이고 있었다.
꿈에서 그렸던 무대 그대로다.
"하."
어쩜 이렇게 아름다울 수 있을까.
쏟아지는 빛줄기 아래에서, 상준은 행복한 미소를 지었다.
문득 생각나는 얼굴들이 있어서였다. 하필이면 아들 둘 다 연
예인을 하겠다고 해서 마음고생이 심하셨을 부모님.

오늘만큼은 꼭 하고픈 말이 있었다.

'저 정상에 올랐어요.'

언젠가 이런 모습 꼭 보여 드리고 싶었는데…….

'저희 진짜 열심히 했어요. 이 무대 하나 서고 싶어서.'

'지켜보고 계신가요.'

상준은 돔 위를 올려다보며 속으로 중얼거렸다. 팬들의 함성 소리가 상준을 더 울컥하게 했다.

"탑보이즈! 탑보이즈! 탑보이즈!"

"블랙빈! 와아아아!"

인 이어를 뚫은 저들의 함성이 귓가에 울려 퍼지는 MR마저 묻히게 만들었다. 온전히 박자감에 의지한 채 상준은 막힘 없는 안무를 이어갔다.

겨우 둘만 서 있는 무대지만.

마치 탑보이즈와 블랙빈을 대표하듯, 무대가 가득 차 보였다.

드넓은 무대 위를 장악한 형제의 목소리가 팬들의 감성을 하나씩 일깨웠다.

We are stranger
불가능을 현실로 만들어
환상을 뒤집어
꿈이라는 말을 그려내

탑의 정상에 올랐다.

이 자리에 올라서기까지 얼마나 많은 일들이 있었던가.

'아. 형, 솔직히 말해봐. 노래 천재지?'

'어이가 없어서 말도 안 나온다. 나, 지난 주에도 월말 바닥에서 기었거든?'

'어, 그래? 나는 1등 했는데.'

'죽을래?'

투닥거리면서 꿈을 키워가던 순간부터.

'지금 오성서울병원 응급실에……'

'제발. 아니라고 말해주세요. 깨어날 수 있을 거라고……'

'안 됩니다. 아마……'

'상운이 제발 좀 살려주세요……. 할 수 있잖아요. 저 진짜 이렇게 살 자신 없어요……. 어떻게든 좋으니까 한 번만이라도……'

세상이 무너진 것처럼 느껴졌던 순간들.

그리고.

'저희… 그럼 데뷔하는 거예요?'

'진짜… 데뷔해요?'

'DREAM THE TOP! 탑보이즈입니다, 잘 부탁드립니다!'

믿기지 않을 정도로 가슴 뛰는 일들도 있었다.

'다신 누구도 무시하지 않는, 그런 톱스타가 되자고.'
'아무도… 건드리지 못하게.'

참 많은 우여곡절이 있었지만…….
그럼에도 불구하고.
상준은 이 탑의 꼭대기에 당당하게 서 있었다.
'바쁘게도 살았네.'
빌보드 차트 1위. 그래미 어워드 3관왕.
단순히 그런 수치적인 이야기만이 아니었다.
"꺄아아아아!"
그냥…….
인정받는 가수.
그리고 사랑받는 가수로 기억되고 있으니까.

We are on top
찬란한 빛을 향해 걸어
환상적인 이 무대 위에서
우리는 결국 함께할 거야

지금 이 순간.
상준은 누구보다 환한 미소를 지은 채 정상에서 노래를 불렀다.
주마등처럼 스쳐 가는 기억 속에 진심을 담아.
상준은 상운과 등을 맞댄 채 나직이 가사를 뱉었다.

"······"

그들이 끝내 이뤄낸 기적을 알리는 마지막 가사.

둘은 동시에 손을 뻗으며 미소 지었다.

"We are on top."

커다란 돔 가득 함성이 울려 퍼졌다.

『탑스타의 재능 서고』 12권에 계속…